高名凯译文集

12

两诗人

《幻灭》三部曲之一

（法）巴尔扎克 著

海峡出版发行集团 THE STRAITS PUBLISHING & DISTRIBUTING GROUP | 海峡文艺出版社 Haixia Literature & Art Publishing House

献　　给

V. 雨果先生

您赋有拉发埃尔和毕特的天才，在人们还是这样幼稚的时代，您已经是伟大的诗人了；正和沙都勃里昂和一切真正的才子一样，您曾经反抗过隐伏在新闻纸背后的妒夫。所以，我希望您的名声能够帮助我所献给您的这本书的光荣，一部分人认为这本书是勇敢的写作，同时也是一篇满充有实情的故事。新闻记者们难道不是像侯爵们，财政家们和检察官们一样，也可以属于莫利哀笔下，做为他的戏剧的角色吗？所以，当巴黎的新闻纸没有除去任何的权力的时候，为什么要用冷笑去改革世风的《人间喜剧》，就要除去这种权力呢！

先生，我很荣幸能够自称为您的崇拜者和您的朋友。

巴尔扎克

这篇故事开始的时代，斯坦霍布印刷机和涂墨圆柱还没有用在外省的小印刷所中。虽然安古莲的专长是把他和巴黎的活板印刷业发生关系的，但是他总是用木制印刷机，就是因为这些木印机，语言中才有了“灾及印刷机”（刊书繁多之意）的话，这句话现在是成为过去的了。在那里，落伍的印刷所还在用涂墨的皮双的“圆球”，其中的一个印刷工人就是用他来塞字的。安放满充着活字而贴用纸张的活动的印盘还是用石头制成的，而人们叫他做“云母石”也是很得体的。近代的伟大的机械印刷机已经使人完全忘记了这种机器，虽然是不完全的，但是我们却因为他而有了埃尔西维尔，勃兰丹，阿尔德，迪多等公司所出版的好书，我们应当提一提使施且尔·热龙姆—尼可拉斯有一种迷信的感情的老机器，因为它们在这篇冗长的故事中是有其作用的。

这位施且尔是一位老印刷工人，那些排字工人用印刷业的隐语管他叫做一个“熊”。印刷工人在涂墨板和印刷机之间走来走去很像笼中的熊的动作，这些无疑的就是他们所以有这个绰号的原因。反之，这些“熊”却管排字工人叫做“猴”，因为这些先生们不断的在保存活字的一百四十二个小格子里攫取活字。在一七九三年的悲惨的时代中，已经有五十岁的施且尔就结了婚了。他的年纪和他的结婚使他逃出了差不多是把一切的工人都招到军队去的大征兵。这位老印刷工人是留在印刷业之中的唯一的人，这个印刷所的主人，或所谓的“老板”，刚刚去世只留下一位寡妇，而没有儿女。工场似乎要马上就倒闭似的：孤单的熊没有法子变成猴，因为以印工的资格，他是不会念书和写字的。没有注意到他的无能，一个民众的代表，因为急于要散发国约会议的布告，就给这位印刷工人授予了印刷业主的执照，征用了他的活字印刷机。接受了这个危险的执照之后，施且尔公民就用他的妻子的金钱去津贴他的主母，用一半的价格还付了印刷所的材料。这还不算什么。他必须毫无错误，毫不延搁的印刷共和政府的布告。在这困难的景况之下，施且尔·热龙姆—尼可拉斯侥幸的遇到了一位马赛的贵族，这位贵族不愿意移居，因为怕丢了他的土地，也不愿意出头，因为怕丢了脑袋，而且除了找事儿做以外是得不到面包吃的。毛孔簿伯爵于是就穿上了外省印刷所经理的卑贱的服装：他就自己排字，自己校对那些下令判处藏匿贵族的公民的死刑的布告变成了“老板”的“熊”就印着贴着这些布告；然而他们两个人却都并没有丢掉性命。一七九五年，恐怖时代的狂风过去了，施且尔·尼可拉斯就不得不另找一个可以当排字工人又当校对和经理的全包工人。那时候有一位拒绝传教而在复辟时代升为主教的教士就代替了毛孔簿伯爵，一直到第一总裁恢复了天主教的日子为止。伯爵和主教后来就在上议院的同一座位中遇见着。如果在一八〇二年施且尔·热龙姆—尼可拉斯还并没有比一七九三年念得好，写得好的话，他却能够相当的应用他的才干来付给一位经理的薪水。这样无忧无虑的工人却变成了他的熊猴的敌人了。穷困一结束，吝啬就开始。一旦这位印刷工人看到有发财的可能，利益问题就在他的身中发展了一个他的地位所在的物质的智慧，然而却是贪婪的，多疑的，深入的。他的实践冒犯了他的理论。他终于能够一眼就看出各种不同性质的一页和一张纸的价值。他可以给外行的主顾证明印大号的字比印小号的字贵，因为大号字不容易搬；如果人家要小号字的话，他就说小号字比较难于管束。“排字”是他一点儿也不懂的印刷工程，他是这么样的怕弄出大错，甚至于他只做些独占的买卖。如果他的排字工人是以计时付薪的制度来工作的话，他的眼睛就永远也离不开他们。如果有制造厂拮据的时候，他就以贱价收买了他的纸，囤积了起来。所以，自从这个时代起，他就已经占有了一个不知从何时起就开办印刷所的房子。他有一切种类的幸福：他变成了鳏夫而只有一个儿子，他把他的儿子送到城里的中学去念书，大半的目的是要预备一个承继人，而不是为他完成教育；他很严厉的对待他，因而能够延长他的父权的时间；所以，假期的时候，他总要叫他在活字匣内工作，告诉他应当学习赚钱的方法，因而能够有一天来补偿为着抚养他而费尽心血的可怜的父亲。教士走开的时候，施且尔就在四位排字工人中选择了未来的主教说是有同样的廉洁和智慧的一位当了经理。这样的结果，这位好好先生就预备好他的儿子能够管理工场的那一天，这工场就可以在年青而能干的手腕之下发展起来了。施且尔·大卫在安古莲中学的研究成绩非常之好。他的父亲虽然是一个熊，他既没有知识，也没有受过教育，他相当的蔑视科学，然而他却把他的儿子送到巴黎去研究高深的活板印刷术；不过他却强烈的训示他的儿子要在他所谓的工人的天国里去采集一大笔款项，不要依靠他的父亲的钱袋，无疑的他是看到在这“圣哲的故乡”诺曼地里可以得到这目的的。大卫在巴黎专心学习他的技艺，完成了他的教育。迪多印刷所的经理变成了一位有学问的人。一八一九年年底，施且尔·大卫离开了巴黎，没有花过他父亲的一个红铜子，他的父亲叫他回去管理一切的事务。那时候，施且尔·尼可拉斯印刷所承印了本省的唯一刊布法院公告的报纸，行政区公署的政令，和教区的规律。这是可以使年青而活跃的人物得到财富的三个大主顾。

正在这个时候，制纸业者高恩德弟兄从安古莲买到了第二张的印刷业执照，一直到现在为止，老施且尔都知道把他减低到完全不能活动的地步，因为帝国时代的军事纷争整个的压制了工业的活动；因为这个原故，他并没有想过方法来获取这印刷所，而他的吝啬也就是老印刷所所以不振作的一个原因。听到了这个消息，老施且尔就很快乐的想：他的工场和高恩德诸弟兄的工场的斗争要由他的儿子来支持而不是由他来负责。

“我是失败了，”他对自己说，“但是一位在迪多印刷所学好一切技艺的年青人是会跟他们周旋的。”

七十岁的老人就在他能够随便生活之后叹息了。如果他对于活板印刷术的知识是有限的的话，反之，在一般工人说笑话所谓的“饮酒学”的技术方面他却是非常专长的；这种技术是从欲主义者班达居鲁尔的神圣的作者所称颂的，但是他的学习却是所谓“戒酒会”所迫害的，而且是一天一天的被人所放弃了。施且尔·热龙姆—尼可拉斯是忠实于他的名字所给他做下的命运的，他是赋有一种不可磨灭的饥渴的。他的妻子曾经长时间的压制着他对于舂碎的葡萄的嗜好，不要让他越出界限，这是一些熊的自然的嗜好，是沙都勃里昂从美洲的真正的熊中所看到的嗜好；但是哲学家们都已注意到年青时代的习惯特别有力的在老年的时候重现。施且尔证明了这个道德的律则：越老越喜欢喝酒。他的嗜好给他那熊式的姿态印上了一些独有的特点：他的鼻子发展得和大写的A，和耸高的炮身一样，他那两个多纹路的面颊就好像是满充着堇色的，紫色的，而常常是杂色的佝偻的葡萄叶似的；您也许要说他是秋天的葡萄藤所包围的奇异的菌类。在两个积雪的荆棘一般的眉毛之下，他那可以消灭一切甚至于父道的两只光亮的吝啬狡猾的小黑眼就是喝醉了酒也会保留他的尖锐。他那去了冠帽而被那还卷曲着的斑白的头发围绕着的秃头可以使人想到拉方登恩故事集所描写的五伤方济会的修士。他是短矮而大腹便便的，就好像是大多数多吃油少吃灯心的老灯檠的油壶一样：因为一切事物的过度的结果，这身体就在这特殊的方面发展。酒癖和读书一样，可以使胖的人更加肥胖，瘦的人更加消瘦。三十年以来施且尔·热龙姆—尼可拉斯都带了著名的市政府的三角帽，这些帽还可以在外省的鼓手头上找得到。他的背心，他的裤子，都是由绿色的丝绒制成的。最后，他还有一个棕色的礼服，杂色的棉线袜子和有银扣的皮鞋。这种可以显得这工人还是在中产阶级之中的服装是非常合宜于他的恶行和他的习惯的，他这样恰当的表现出了他的生活，甚至于这个好好先生好像是一生出来就是这样穿好了似的：您不能够离开他的服装而想象到他，正如您不能够离开衣皮而想象到胡葱一样。如果好久以来这位老印刷工人没有阻制他的贪吝的话，他的让位也就可以描绘他的性格了。不论他的儿子是如何的从迪多学校里学到了许多的知识，他还想和他干些他所久已熟思的好事业。如果这位父亲做了好事业的话，儿子就得做一个坏的。但是，在这位好好先生看来，在事业上根本就没有什么父亲和儿子。最初他把大卫看作一个独生的儿子，后来他却觉得大卫是违反他的利益的自然的获得者：他要高价出售，大卫就要贱价收买；所以他的儿子就变成了一位必须加以克服的仇敌。这种因为个人的利益而引起的感情上的变化在受过高等教育的人往往是迟慢的，弯曲的，虚伪的，然而在这位老熊身上却是快速而直接的，他可以给人看出狡黠的饮酒学是如何的使他战胜了受教导的印刷术。儿子来的时候，这位好好先生就对他表示出一般能干的人对于他们的傻瓜所有的商业上的温和的态度；他就好像一位情人关照情妇那样的关照他；他给他伸过手臂；他告诉他应当在什么地方放下脚免得沾染泥污；他给他用汤婆子烘被，给他生火，给他做饭。第二天，在一顿丰富的晚饭中想法子让他的儿子微醺之后，狂醉了的施旦尔·热龙姆—尼可拉斯就给他的儿子说了一个“生意经!”这谈话是在打噎之中这样奇异的说了出来的，使大卫不得不请他留在后一天来谈论。这位好好先生懂得好好的利用醉酒来放弃久已准备好的战争。并且，他说他不愿意再把五十年带在身边的机器再留下一个钟头。明天他的儿子就是老板。

这里似乎应当说一说这工场。这间印刷所坐落在博刘街通到桑林场的入口处，路易十四世的末年就创办在这所房屋里头的。所以，好久以来，有很多的地方都是用来发展这个工业的。地面层是一间大房子，很光亮的有一个老玻璃门朝着街上，有一个大窗格朝着内院。人们而且可以由一条廊子走到主人的办公室。但是，在外省，印刷的进行步骤总是一个大好奇心的对象，主顾们总是喜欢从朝街的店面的玻璃门进去的，虽然他们得走下几个梯阶，因为工场是在地面层的地平线之下。惊赏的好奇的人从来就没有注意到走过工场的隘道的不方便；如果他们凝视平铺在兜佳天花板上的绳索上面的纸张的话，他们就要沿着一排一排的活字匣而碰头，或是被支持印刷机的铁秆挺掉了帽子。如果他们跟着在活字匣的一百五十二格中采摘活字，校读稿本再读所排的字格中的一行，在那里轻轻的加上一个隔板的排字工人的话，他们就要坐在压在石下的浸了的纸堆上面，或者是把屁股放在板凳的一角上。这一切都是使那些猴和熊好笑的。当人们走到地窟尽头的两个大笼子（就是朝向院子的两间悲惨的房楼，一个是经理的宫殿，一个是印刷工头的衙门）的时候，没有一个人可以平安无事。在院子里，墙是很合式的用栏栅装饰的，因为主人的名誉，这些栏栅是特别富有动情的本地的色彩的。在隔墙的深处，靠着墙上有一间侧屋，是用来浸纸和裁纸的。印前印后的印刷纸压榨机或通俗所谓的活字板都是在这边的水沟里洗刷的；渗着家中所用的水的墨水从这里流了出去，使从市场里出来的乡下人以为是什么魔鬼在这房子里洗面。这个侧屋的一边是厨房，另外一边是堆柴处。这房子的第二层楼有三间屋子（这一层楼的上面只有两间屋顶房）。这三间屋子中的第一个差不多和走廊一样的长，不过减去老木梯的围墙而已，这一间屋子的光线是由朝街的一个小的长方形的十字窗和朝院的一个小圆窗透进来的。这屋子又是等待室又是饭厅。他是简简单单用石灰刷白的，使人觉得商业上的吝啬的素朴。那脏污的石板从来没有洗过；三张坏木板所制成的椅子，一张圆桌，通到卧室和通到客厅的两个门之中的碗橱就算是家具；窗和门都是棕色而垢秽的；没有印过或已经印过的纸大部分的时候都是壅塞在这屋子里的。施且尔·热龙姆—尼可拉斯的饭后点心，酒瓶，盘菜常常可以放在小衣包的上面。有一个装玻璃而从院中吸取光线的铅十字窗的卧室铺有外省人在举行圣礼瞻礼的日子可以沿着各房子看到的老地毡。卧室里有一张带有布帐，带有帘幕，带有红绒的饰布的大床，两张虫蚀的靠椅，两张胡桃木而盖有布绣的椅子，一张老写字柜，壁炉上有一个花边。这间屋子呼吸着一种家族的仁慈的空气而满充着棕灰的色调，是由施且尔·热龙姆—尼可拉斯的师父庐苏先生设计布置的。已故的施且尔夫人所加以摩登化的客厅和理发馆一样的装有惊人的蓝色的壁板，嵌在墙边的雕板是用东方的画景纸来装饰的，是在白地上涂着深灰的颜色的；家具有六张蓝色漆的羊皮椅，椅背就像是古琴。两个有粗制的穹窿可以看到桑林场的窗户却没有窗帘；壁炉上面既没有烛台，也没有钟，也没有镜子。施且尔夫人就在她想对于这卧房加以美术化的计划之中死去，而这位熊是怎么样也想不出这不事生产的改良的用处的，他早就把这些计划放弃了。施且尔·热龙姆—尼可拉斯就是蹒跚的领着他的儿子到这间屋子里来，在这张圆桌上指示他的儿子经理先生在他的指导之下所开的印刷所的财产表。

“你念念罢，儿子，”施且尔·热龙姆—尼可拉斯说着，转动着他的醉眼，从这张表格瞧到他的儿子，又从他的儿子瞧到这张表格。“你可以看出我所给你的这间印刷所是怎么样的宝贝。”

“‘三架由铁杆支住有云母石夹板的木制印刷机……’”

“这是我所添加的一个改良，”老施且尔打断了他的儿子，这样说。

“‘……及其一切的小机件，涂墨板，拓墨刷，长凳等等一千六百佛郎！’但是，父亲，”施且尔·大卫说着，放下清单，“您的印刷机只是些木鞋，还值不了一百厄古，应当把他拿来当劈柴烧。”

“木鞋？……”老施且尔叫了起来，“木鞋？……拿着清单罢，我们下楼去！你就可以看出来到底你那可恶的新发明的铁锁能够和这些试验过的老式好机器一样的工作不。然后，你就不会再侮慢这些和邮车一样的轮转而在你一生之中不必再加修理的老实的印刷机了。木鞋！是的，这是你可以找到盐来煮鸡蛋的木鞋！是你父亲二十年来所用而给他留下使你得有今日的好处的木鞋。”

这位父亲就从高低不平的用毁而摇动的扶梯上滚了下去，幸而没有摔倒，他开了那扇通到工场的小径的门，急促的奔着他那第一个巧妙的涂过油洗刷过的印刷机；他指着他的学徒所油擦过的两个大橡木的机器。

“这是可爱的印刷机，不是吗？”他说。

那里正在印着结婚通知书。这位老熊就把夹纸格放下，压在压纸匡上面，又把压纸匡压在云母石板之上，这石板是在机器下面由他使其转动的；他拉着小棍，舒展卷了的绳子，使石板恢复原来的地位，又用一位年青的熊所有的轻捷把夹纸格和压纸匡举起。这样的转动了一下印刷机，这印刷机就放出了一响这样清雅的声音，甚至于您要说他是碰在玻璃窗上而要跑走的一只小岛的叫声。

“英国的印刷机能够有一个可以这样的转动吗?”父亲对惊愕了的儿子说。

老施且尔又轮着奔向第二个印刷机，第三个印刷机，给每一个机器都用同样的技巧来试一下同样的动作。第三个印刷机让他的醉眼看出学徒所忽略的一块地方；骂了一阵之后，这位醉汉就拿起了礼服的衣裾来擦，好像一位马贩子刷马毛一样。

“用这三个印刷机，不用经理，你每年可以赚到九千佛郎，大卫。我是你的将来的帮手，我就用这资格来反对你用这些浪费活字的该死的铁机器。当您在巴黎看见一位法兰西的敌人，一个可恶的英国人因为要让他的铁匠发财而发明的这种机器的时候，您一定是叫过好的。啊！您要斯坦霍布印刷机！谢谢斯坦霍布印刷机，每一个斯坦霍布印刷机值得二千五百佛郎，差不多要比我的三个宝贝还要贵上一倍，并且还要用他那坚硬的性质来打折铅字。我没有受过和你所受的同样的教导，但是你要记住：斯坦霍布印刷机的生就是铅字的死。这三个印刷机都是很耐用的，东西可以很合式的印出来，安古莲人也不会再要求你什么。无论你是用铁来印，用木头来印，用金来印，用银子来印，他们都不会多给你一个铜子。”

“‘一’，”大卫说，“‘五千磅瓦佛拉尔铸铅厂所出的铅字……’”

念到这个名字，迪多学校的毕业生不由得不微微的一笑。

“你笑，你笑！十二年之后，这些铅字还是一样新的。这是我所谓的铸铅厂！瓦佛拉尔先生是一位忠厚人，他所给的材料都是很结实的；并且，在我看来，最好的铸铅匠就是人家最不常去的。”

"'……价值估计一万佛郎，'"大卫接着说，"一万佛郎，我的父亲！算起来每磅值四十苏，然而迪多工厂的活字只卖三十六苏一磅。您的螺丝头只值得铸铅的价值，十苏一磅。"

"这些浅铸活字，这些草书活字，这些前时皇家印刷局局长基叶先生的圆体铅字，这些每磅值六佛郎的铅字，这些五年以前所买到的雕刻的杰作，其中还有许多白镟镟的铅，你都管他们叫做螺丝头，好家伙！"

老施且尔又拿了许多满装着各色各样活字的筒子，是他从来没有用过的，他就拿这些活字给他的儿子看。

"我没有什么学问，我不会念，也不会写，但是我却还猜得出基叶工厂所出的铅字是英国的铅字和你的迪多的铅字的鼻祖。这是一个圆铅字，"他指着一个活字匣说，从那里取出一个M的活字，"一个从来没有被人革除过的圆铅字。"

大卫知道没有法子和他的父亲辩论。他不是要整个的承认，就得整个的拒绝，他是处在"是"和"否"的中间的。老熊把晒物所张的绳子也开在清单之内。最小的印片单用的铁板，木板，大碗，石头和洗东西的刷子等等，这一切的一切都用吝啬人的谨慎开在账内。总数是三万佛郎，其中包括有印刷业执照和广告的费用。大卫自己问自己这事业是不是做得通。老施且尔看见儿子瞧着数目字发傻，未免觉得不安；因为他宁可有一个强烈的争辩，而不要一个平静的接受。在这一类市场中，争辩就是宣告一位能够保卫利益的能干的商人。老施且尔曾经说过"鼓掌赞同一切事物的人是一个钱也弄不到的。"他专一的侦探着儿子的思想，他点数着发展外省的印刷所所需要的坏器具：他轮流的领导大卫观看一个丝光压机，一个预备做城里工作的压截机，他对大卫大加夸耀这些机器的用处和坚固。

"老器具总是最好的，"他说，"在印刷所里，我们给旧器具所付的钱应当在新的之上，好像付钱给打金器的人一样。”

许多雕刻婚神、爱神和掀起墓碑的死人而描有一个V或M的吓人的雕板，许多为着招贴戏报的面形的挂屏都在热龙姆—尼可拉斯的醉语下变成了极有价值的东西。他告诉儿子外省人的习惯非常的根深蒂固，甚至于他曾想法子给他们许多好东西而落了一空。他，施且尔·热龙姆—尼可拉斯，他曾卖给他们比印在包糖纸上的烈治双重日历更好的日历！好，真正的烈治双重日历却是大家所选择的。不久大卫就可以认识这些老货的重要性，卖得比最值钱的新货色还要贵。

“啊！啊！我的孩子，外省是外省，巴黎是巴黎。如果一个湖姆人叫你给他印结婚通告书，而你没有给他印上饰有花叶的爱神的话，他就一点儿也不相信自己结了婚，如果他只在那里看到一个代表结婚的字母M的话（正如你的迪多印刷局所印的一样），他就要退还给你。迪多印刷局是活字印刷的光荣，但是在外省一百年之内也不会被人所采用。就是这么回事。”

好人做不了好生意。大卫就是一个天性纯洁柔和的人，这辩论把他吓坏了，对方稍为刺痛他的心，他就放手了。他那高贵的情绪和这位老酒徒给他留下的江山使他更为难于和他的父亲辩论钱的问题，特别当父亲要使他相信这些好意的时候，因为是他最初给印刷工人对于器具所有的深情贡献了利益上的贪婪。不过，因为施且尔·热龙姆—尼可拉斯是以一万佛郎的公债票买到庐苏寡妇所有的一切，现在的情形，三万佛郎的估价未免太高，这位儿子就叫了起来，说：

“父亲，您敲我的竹杠！”

“你说我，我这个为你劳碌一生的人？……”老醉汉说着，向晒物的绳子上举起他的手。“但是，大卫，那末要怎么估价这营业执照呢？你知道只因为登载每行十苏的广告上一月我们就赚了五百佛郎吗？孩子，打开你的书，请你看看行政区公署的布告和簿册，市政府的法令和教区的规程，印这些东西能得多少钱！你是一个不想发财的懒汉。你犹豫着，不敢承受可以带你到马尔萨克一类的好地方去的马。”

在这清单之外又加上一张父子会社的契约。好父亲把这房子以一千二百佛郎的租金租给会社，虽然他只花六千佛郎买来，并且还保留着两间屋顶楼之中的一间。那一天施且尔·大卫没有付清这三万佛郎，他所得的利益就得两份平分；那一天他付清了他父亲这一笔款，他就可以变成印刷所的独一的业主。大卫估计着执照、主顾和报纸的印行，他并不注意器具：他相信能够自己解脱，就接受了这些条件。习惯于乡下人的好计的父亲一点儿也不知道巴黎人的远大的计算，他很奇怪这结果会这样快速的决定。

“我的儿子会不会自谋富庶呢？”他对自己说，“或者，他这时候正在想法子不给我钱呢？”

想到这个问题，他就问他的儿子到底带了钱来没有，如果带了钱来，就希望他能够分期交付。父亲的好奇心引起了儿子的不信任。大卫闭着嘴唇，一直闭到领部。第二天，老施且尔叫他的学徒把家具搬到第三层楼，打算利用回乡的空车运到乡里去。他把第二层楼的三间屋子空空的留给他的儿子，正如把印刷所交给他而没有给他留下一分钱来付工资一样。大卫以合股的资格请求他的父亲为着共同的开发投下一些必要的资本，老印刷工人却发傻了。他说他没有给印刷所再下本钱的责任；他的本钱已经下过了。因为儿子的困难，他就回答说当时他从庐苏寡妇手中买来这印刷所，一个铜子儿也没有，就开发了起来。如果他这位不学无术的穷工人能够成功的话，迪多学校的毕业生应当会干得更好。并且，大卫已经在老父亲的血汗钱给他受的教育中赚到钱，现在他能够好好的利用他。

“你在银行里存的钱都做了什么用了呢?”他对他说着，再三的恳求，要明白昨天因为儿子的寂寞而没有决定的问题。

“可是，我不是要生活吗？我不是买了书吗?”大卫愤怒的说。

“啊！你买书？你一定做不了好生意。买书的人不会印书。”熊回答说。

大卫只得忍受一个可怕的屈服，这是父亲的卑贱所生的结果：他必得听着这一套痛哭流涕的，懈怠的，商业的，无价值的推理，是这位老吝啬人拿来辩驳他的反对的。他把他的苦痛都压在灵魂上，觉得自己是孤单的，无靠的；父亲是一个干投机生意的人，因为一个哲学的好奇心，他想要彻底的知道父亲。他让父亲知道他从来没有问过母亲的财产。如果这财产不能够拿来补偿印刷所的价钱的话，至少可以拿来作为共同开发的费用。“你母亲的财产,”老施且尔说,“但是这就是她的智慧，她的美貌的所在。”

听到了这么一个回答，大卫整个的猜透了父亲。他懂得要拿到一笔款就得打上一场结束不了的花钱失体面的官司。高贵的心灵就接受了将要重压着他的负担，因为他知道得有多少的麻烦才能够清偿他和父亲约定的事业的债务。

“我得工作,”他对自己说,“反正，如果我不幸的话，这老头儿也得不幸。并且，这难道不就是为我自己而工作吗?”

“我给你留下一个宝库,”父亲有点不安儿子的沉静，就这样的说。

大卫问他宝库是什么。

“马利昂。”父亲说。

马利昂是位乡下粗姑娘，没有她，不能开发印刷所：她浸湿纸张，裁切纸张，上街买东西，烧饭，洗衣服，从车上卸下纸张，支取银钱，洗刷塞子。如果马利昂懂得念书的话，老施且尔一定要派她去排字的。

父亲步行到乡下去。虽然他很高兴在合股的名义之下卖掉了他的印刷所，他却忧虑这笔买卖如何的付款。他曾经因为出卖而发愁，现在却要因为实现这买卖而忧虑了。一切的感情都是虚伪的。这位否认教育的用处的人却拚命的相信教育的力量。他把三万佛郎投资在教育所应当发展在他的儿子身上的光荣的思想之上。大卫是一个受过好教育的年青人，他得用血汗来偿清他的欠债，他的知识能够使他找到财源，他已经显示出快乐的情绪，他要付清！许多和他一样举动的父亲都相信自己行为的父道，正如老施且尔到达他在安古莲附近四十法里的小乡村马尔萨克所有的葡萄园时最后也使自己这样的相信一样。自从一八〇九年老熊买了这块地之后，他每年都在旧业主所建筑的住处上添盖了一些东西。他在那里用压榨葡萄的动作来代替印刷的工程；正如他自己所说的，他在葡萄园里太久了，他认识葡萄园太清楚了。退隐乡村之后的第一年，老施且尔总是在他的葡萄棚上显露出一副疑虑的面孔；因为在葡萄园中的他和以前在印刷所里的他没有什么二致。这意外的三万佛郎比九月的甜酒还要使他沉醉，他已经理想的屈指计算着他的钱币。这笔款越不是应得的，他就越想把他存放在柜里。所以，他就常常被他的忧虑从马尔萨克拉到安古莲来。他攀登着岩石错综的山坡（城就是座落在这山上的），走进工场来观察儿子的生意做得如何。他看见印刷机都安放在他们的原位。带有纸头巾的唯一的学徒正在洗涤塞子。老熊听见一个压印通知书的印刷机正在响，他认识他的活字，他看见他的儿子和经理两个人都在笼房里念书，他还以为他们是在校对。跟大卫一块儿吃完晚饭之后，他才一路上反复的思考着他的忧惧，回到他在马尔萨克所有的田庄里去。吝啬和爱情一样，对于将来都有一种预见，他嗅知着将来的事故，紧迫着将来的偶发。虽然离开工场很远了，可是一看到他的器具，这位葡萄种植人就不免幻想着起家时的日子，忧虑的看着儿子的不大活动。高恩德兄弟印刷所的名字使他激怒，他觉得这名字是在施且尔父子印刷所之上的。总之，老头儿感觉到不幸的风息。这种预觉是对的：不幸已经立足于施且尔公司之中了。但是吝啬的人是有一位神明的。在想象不到的环境中，神明应当会使这一次由高利贷的出卖而得到的价格落在这位葡萄种植人的腰包里。这是施且尔印刷所之所以先来兴旺终于衰落的原因。复辟在政府中所产生的宗教的反动没有给大卫任何的影响，他对于自由主义也没有什么疑虑，他在政治和宗教两方面都保守着一种最有害的中立主义。他刚好生在外省的商人们必得宣传一种主义去获取顾客的时代，因为他们必得在自由主义和保王主义之间选择其中的一个。大卫心中的爱情和他的科学的工作，他的优美的性格都不让他有这种构成真正的商人，使他研究外省的工业和巴黎的工业所以不同的地方的钻营。各省所有的显著的差异都在巴黎的大运动之中消灭殆尽了。高恩德兄弟赞同君主主义，他们坚决的吃素，出入大教堂，跟教士们来往，重新印行渐渐觉得有需要的最基本的宗教书籍。所以，高恩德兄弟在这有出息的事业中比较是多走了一步，他诽谤施且尔·大卫，责骂他是一位自由主义者，一位无神论者。他们说：如何可以使用一位有一个兴闻九月的剧变的醉汉，波拿巴特派，迟早要留下一些金子的父亲的人呢？他们是穷苦的，他们有家宅之累，然而大卫却是一位童男，将来要变成非常的富有；所以，他只是游手好闲的胡闹等等。受到这些攻击大卫的责骂的影响，结果行政区公署和教区也就把印刷的权利转移给高恩德兄弟去了。不久，这贪婪的反对派又因为敌人的疏忽更加胆壮，创办了一家新的广告报纸。留给老印刷所的也只有城里的广告了，出版的张数也就减低到一半了。因为印行宗教的书籍和慈善的刊物而相当致富的高恩德公司不久就向施且尔公司提议，要收买他们的广告报纸，希望能够包印全省的广告和法院的插语。大卫把这消息报告给他的父亲，这位已经被高恩德公司的进步所惊惧的老葡萄种植人立刻就和嗅知战场死尸的乌鸦一样快的从马尔萨克滚到桑林场来。

“让我跟高恩德兄弟示威去。你不要管这生意，”他对他的儿子说。

老头儿立刻猜想到高恩德兄弟的兴趣，他用他的观察的锐敏来恫吓他们。他说他是来阻止他的儿子所做下的一桩傻事。

“如果他买了我们的报纸，我们哪里还有主顾呢？律师，法律公证人和一切湖姆的商人都是自由主义者；高恩德兄弟要以自由主义的罪名来毁坏施且尔公司，他们其实是给我们留下一块救生板，自由主义者的广告是留给施且尔公司的！把报纸出卖？……但是这是等于出卖材料和执照。”

于是，他要向高恩德兄弟要求六万佛郎，因而不至于毁坏他的儿子：他爱他的儿子，他保卫他的儿子。这位老葡萄种植人之利用他的儿子就好像乡下农民之利用他们的妻子一般：不论他的儿子愿意不愿意，根据他向高恩德兄弟所议驳的条件，他居然能够花了九牛二虎之力使他们出价二万二千佛郎来收买查尔特报。但是大卫却永远不能够印行同类的报纸，违反这契约就得赔偿三万佛郎。这出卖是施且尔印刷所的自杀；但是老葡萄种植人却管不得这些。偷窃之后继着而来的总是杀害。好好先生打算从这一笔里挪回他的资本，为着要领取这一项款起见，他就给大卫比较契约上面所载的还要多的钱款，因为这位妨碍他的儿子居然有权利得到这意外的宝库的一半。为着赔偿损害起见，仁慈的父亲就把印刷所完全让给大卫，只保留着著名的一千二百佛郎的房租而已。把报纸卖给高恩德兄弟之后，老头儿很少进城，说是年纪大了不能来；但是真正的理由却是没有兴趣来巡视这已经不再属于他的印刷所。不过，他也不能够完全弃绝对于器具的旧情。有事情到安古莲来的时候，他就很难决定到底是谁把他带领到他的房子来，也许是他的器具，也许是要给他写房租单的儿子。他的老经理（现在变成高恩德公司的经理了），知道这种父道的仁慈到底是怎么回事；他说这位狡猾的狐狸要在干涉儿子的事情中用房租的积蓄来变成一个特殊的债权人。

施且尔·大卫的疏忽可以描绘这位年青人的性格。安居在父亲的印刷所里头之后的几天，他碰到了中学时代的一位朋友，那时候这位朋友的境况非常的不好。大卫的朋友是一位年纪差不多二十一岁的青年名叫查尔登·鲁先，他是前任因为负伤而去职的共和军的外科军医的儿子。本性使查尔登老先生成为一位化学家，然而偶遇却使他当了安古莲的一位药师。正在他花了好几天的科学研究努力从事于某种有用的发明而做下许多必要的准备时，他忽然的死去了。他要发明一种药，来治疗一切的风痛。风痛是阔人的病症，他们有了这病症就要大破财。所以药师就在人家给他提出让他思考的问题中选了这个来解决。站在科学和经验医学的中间，已故的查尔登懂得科学是使他发财的唯一的工具：于是，他就研究这病症的原因，以适合各种癖气的规则为基础来制造他的药品。当他到巴黎去请求科学院的批准时，他就死在那里，失去了他的工作的结果。预先看到他的财富，这位药师也没有忘记教育他的儿子和女儿，因此，他的负担也就常定的吞没了药房的生息。所以，他不但把儿女扔在穷苦的境地，同时为着补偿他们的不幸，他也给他们抚养在光明的命运的希望之中，然而这些光明的命运却跟他一同熄灭了。诊视他的那位著名的德斯布尔就看着他在狂热的急痫中死去。这野心是为着热爱他的妻子而有的。他的妻子是吕崩柏礼家的最后的子孙，是他于一七九三年从断头台上给她神迹一样的救回来的。因为这位少女不会同意撒谎，他就找到机会告诉她说她是怀了孕的。马马虎虎的得到了某种结婚的许可，虽然他们都是穷苦的，他总算是娶了她了。和一切爱情的结晶品一样，他的儿女都有母亲的最优美的遗传，这是常常会因为穷困而变成不祥的一个礼物。这些希望，这些工作，这些忧愁，都是这样强烈的压在她的身上，使查尔登夫人深深的变更了她的美丽，正如逐步的贫困也会改变了她的习尚一样；但是她的勇气和儿女的勇气却和他们的穷苦有同样的程度。这位可怜的寡妇就出卖了她在安古莲一个主要的外镇湖姆的大马路上所有的那所药房。药房的价格可以让她得到三百佛郎的息金，但是这数目不够养活她自己；母女两个人并没有脸红去接受他们的卑劣的地位，自愿当佣工。母亲看护分娩的产妇，她那和霭的态度使富裕的家庭喜欢她，选用她，她也就因此而能够住在富人的家中，不必花费儿女一文钱，每日赚得二十苏。为着避免儿子看见她落在这卑贱的地位而觉得不痛快起见，她就起了一个名字，叫做查尔罗特夫人。要求她看护产妇的人是向查尔登先生的接办人步斯特尔先生接洽的。鲁先的姊姊在一位邻居高等洗衣妇，湖姆一位非常忠厚的有地位的女人毕礼尔夫人家里工作。她每天可以赚得十五苏左右。她指挥女工人，她在工场中的地位可以使她跳出爱好娇艳的女工的阶级。她们从工作中所得到的微弱的报酬，再加上查尔登夫人所有的三百磅的息金，每年差不多有八千佛郎的收入，这一家三口也就可以藉此来生活，来购买衣服，来付房钱了。家用的严格的经济化使这笔款勉强够得维持生计，差不多是全部拿来供给鲁先一个人的费用。查尔登夫人和她的女儿爱薇对于鲁先的信任就好像莫罕默德的妻子对于丈夫的信任一样；她们为着他的前途的效劳没有底止。这贫穷的家庭就住在湖姆，用极便宜的租钱从查尔登先生的接办人处租到寓所。这寓所坐落在内院的深处，试验室的上头。鲁先就在那里占据了一间惨澹的屋顶楼。鲁先受了父亲的影响；父亲对于自然科学有特殊的兴趣，鲁先也就跟着他到这一条路上来。鲁先是安古莲中学的一个最出色的学生。施且尔在这学校完毕他的课业时，鲁先正在第三年级。

这两位同学偶然相逢的时候，饮着人生大苦杯而觉得生命的疲惫的鲁先刚刚好要下一个非常的决心，二十岁的年青人所有的决定。大卫给鲁先每月四十佛郎，请他来学习当印刷所经理，虽然他一点儿也不需要这经理；这却把鲁先从失望中拯救出来了。同窗交谊的重温不久又被命运的相同和性格的差异而更加紧密了。这两位朋友都很聪明，他们都有出类拔萃的智慧，都觉到自己是掉在社会的深渊里。这不公道的命运是一个有力的结纽。并且他们两个人又都是从不同的路径走上同一的嗜好的，他们都爱好诗词。虽然鲁先那注定的命运要他作些最高的自然科学的思索，可是他对于文学却有狂热的酷好。至于大卫呢，大卫那沉思的天才使他接近于诗文，然而他却有正确的科学的嗜好。这种脚色的反串就产生了一个精神上的交谊。鲁先不久就给大卫报告他的父亲对于工业科学的应用上所有的高见，而大卫也给鲁先指示出一条新路，让鲁先在文坛上争取名望，获得地位。这两位年青人的友谊不久就变成了初成年所有的情感。大卫偶然间见到美丽的爱薇，他就和一些忧郁多愁的人一样对她有点恋恋不舍。宗教瞻礼的 et nunc et semper et in secula pecu lorum 就是为这些高贵的无名诗人所写的题词，他们的著作就是在两颗心中所创作而遗忘了的伟大的纪战诗！钟情的男子知道鲁先的母亲和姊姊对这清秀的诗人所有的希望，他发现她们对于鲁先的盲目的效劳就觉得来接近他的情妇，来分担她的牺牲和希望有甜蜜的味道。所以，鲁先是大卫的选择的弟兄。正如极端派保王党此国王本身还要带着保王党的色彩一样，大卫比鲁先的母亲和他的姊姊还要夸耀鲁先的天才他姑息鲁先就好像一位母亲姑息孩子似的。有一次，他们因为没有钱不得不举行一个会谈，他们就和一切的年青人一样，思索着一个办法，想要在已经被先来的人剥夺干净而得不到果子的果树上来摇动他，来发现一个突如其来的财源。鲁先记起了父亲的两个意见。查尔登曾说过要用新的化学代用品来减低糖的一半价格，要用美洲所出产和中国人所用的类似的不值钱的植物来制纸，好减低纸的成本。大卫知道这问题已经激动过迪多公司，他就立刻抓住这意见，想要从这里找到财源，他认为鲁先是他永远也报效不了的恩人。

每一个人都可以猜出这两位朋友的强烈的思想和他们的内心的生活会如何的妨碍他们去好好的管理印刷所。高恩德兄弟印刷所是教区的印刷者和发行人，是查兰特报的业主（这报纸从来就是全省的唯一的报纸），他们每月可以收入一万至二万之间的佛郎，然而施且尔印刷所却差得远了，每月好不容易才能够生息三百佛郎，而在这三百佛郎之中还得拿来付给经理，付还马利昂，付给排字工人的薪水和房租；这使大卫每月只能够有一百佛郎左右的进项。活动而勤紧的人已经换上了新的活字，买来了铁的机器，到巴黎各书局去用较低的价格承印各种书籍；但是这个业主和经理却迷在知识的工作之中，满意于最后的主顾所给他们的工作。高恩德兄弟终于知道了大卫的性格和他的作风，他们就不再诽谤他了；反之，聪明的计策却教他们让这个印刷所偷生，要他维持一个小康的景况，免得落在可怕的强敌之手；他们甚至于把本城的工作介绍到这里来。所以，从商业的观点来说，施且尔·大卫只是因为竞争者的巧计而得以存在，不过自己还不知道罢了。高恩德兄弟很高兴大卫有此奇癖，从表面上看来，他们对待他的手段是很正直忠实的，但是他们的举动事实上就跟假造一个竞争者去避免一个真正的敌人的交通公司一模一样。

施且尔公司的外观和他的内部的粗鄙正相调和。老熊从来没有在内部加以修理。雨露，阳光和各季节的不顺的气候都给那扇通走廊的门装上老树干一般的形貌，因为这门满布有大大小小的裂痕。房子的正面是用石子和砖头胡乱筑成的，好像是屈伏在法兰西南部载着过重的凹形瓦片的蛀蚀的屋顶下面似的。腐蚀的玻璃门装有气候的热度加以暴涨的厚枕木所支持的大门扉全安古莲也不容易找出一所跟这同样破裂而只用气候的力量来支持的房子。您可以想象一下这间两头光亮中间黑暗满墙贴满纸片的工场，下面被三十年来在那里徘徊的工人的接触所生的灰色，地板上所堆的杂乱的绳子，乱七八糟的纸堆，老旧的印刷机，用来压湿纸的一大堆的石子，活字格，店主和经理所分据的两间笼子一般的屋子：然后您就懂得这两位朋友的生活了。

一八二一年五月初旬，将近两点钟的时候，大卫的四五个工人离开工场吃饭去，他和鲁先两个人就留在朝院的玻璃门旁边。当业主看见学徒关了朝街的那扇挂有门铃的店门时，他就领着鲁先到院子里来，好像不能忍受纸张，墨板，印刷机和老木头的气味似的。他们两个人都坐在一个纸穹窿下，他们的眼睛可以从那里看见人家走进工场。太阳照在葡萄棚上，抚摸着这两位诗人，用他的光线好像顶上圆光一般的包蔽他们。这两位朋友的性格的不同，面貌的对照这么样强烈的表现出来，实在可以诱惑一位画家的画笔。大卫的形状颇有那些生来要明争暗斗的人的神气。他那宽阔的上半身有两个大肩护翼着，和他的强健的体力相调和。他那棕黑，有颜色，肥胖用粗颈来支持，被丰满的黑头发所包蔽的头发一眼看过去就好像是布瓦骆的柔歌中所描写的教士；但是再加以第二次的观察之后，您就可以在他那粗厚的唇纹上，颔部的笑窝上，忧愁的中肉所结成的四方形的鼻子上，尤其是眼睛里，看出专一的不灭的爱火、思想家的敏锐，看出一位能够合拢水平线的两端，观察一切的波纹，容易对分析后的空想的愉快加以厌腻的人的强烈的悲哀。如果人们可以在这脸孔上看到天才的光辉，人们也可以在那里看出火山旁边的灰烬；希望熄灭在毁人的社会的深情中。在这社会之中卑贱的身世和贫寒的家景给他支持了高尚的精神。在这位穷苦的印刷家身边，鲁先的生活状况虽然颇近于知识的工作，却有点令他生厌。住在这位负有生活重担，潜心于科举和诗文的养父面莲天神的旁边，沉醉而忘记了外省生活的苦痛，鲁先的姿势颇有雕刻家为印度的天神巴慈斯所寻觅的模特儿的幽雅。他的脸孔有古典的美丽的纹路，他有希腊的额头和鼻子，他有女人的天鹅绒的白色，黑中带蓝的眼睛这两只眼睛满充着爱情，眼白可以和儿童的眼白相媲美。这两只美丽的眼睛上面盖有一副似乎是用中国的毛笔画出来的眉毛，上下都有细长而带栗色的睫毛。沿着两颊生着发亮的织毛，他的颜色是和生来卷曲的金栗色的头发相调和的。两鬓的神韵吐出一种白中带黄的色调。狭短而渐渐隆高的颔部上刻有一个无比的贵族的性格的印象。纯白的牙齿陪衬着珊瑚一般的嘴唇，格外显得好看；就在这嘴唇上，来回的徘徊着愁苦的天使的微笑。他有发育完全的手，漂亮的手，这手的一举一动都可以使男人们服从，使女人们生出接吻的念头。鲁先是清瘦的中等的身材。看了他的脚，一位男人甚至于会把他当做是矫装的少女，而想拥抱他；和其他细致的（不是奸刁的）男子一样，他的两个臀部就像是女人的屁股。这种征候未尝有错误，而在鲁先身上更是真确：当他分析社会的实况时，他那易于动摇的精神常常要走到外交家所相信的那“不择手段，但求成功”的腐化的路上来。大智慧的一个不幸。就是懂得太清楚一切的事物，恶行和善德。

这两位年青人就用最高的标准来批评社会，他们在社会中所有的地位的低微正好是和他们的批评一样的程度，因为怀才不遇的人总是以他的高眼来报复地位的卑贱。但是，他们的忧闷的程度也是和命运推移的速度一样的。鲁先念过很多的书，研究过很多的著作；大卫做过很多的思想，很多的默念。这位印刷家表面上虽然很康健粗强，实际上却是一位多愁多病的天才，他对自己都有些怀疑；反之，鲁先却有冒险的精神活跃的气慨，他有胆量，这则和他那几乎像是虚弱的柔软而满充着女性温存的倾向不调和。鲁先有最高程度的卡斯岗地方的大胆，勇敢和冒险的性格，这个卡斯岗人要促进善良，排除恶劣；只要有益处，他也不会在错误中退缩回来，可是，如果走了一步罪恶的阶梯，他却要取笑自己。于是，这些野心就让年青人的美妙的幻想，好胜的人最初所用的高贵的热情给压制了。他只是跟自身的欲望竞斗，而不是和生活的困难挣扎；他只是跟自己的力量争衡，而不是和他人的懈怠冲突；这是那些有活跃的精神的人的定命的公例。鲁先的聪明伶俐强烈的引诱大卫，大卫钦佩鲁先，他改正了法兰西的泼妇们对他所有的误解。这位正直的人却有一个懦怯的性格，和他那强健的体力正相反，然而他也不是毫无北方民族的固执。如果他看到一切的困难，他就要毫不退让的克服他；可是，如果他有正宗传教士的坚毅的话，他却用过分的宽恕把这坚毅减低了。这两位老交情的朋友中，其中有一个溺爱着另外的一个，这个人而且就是大卫。所以，鲁先就好像是被恋的女人一样的统制着，大卫也就非常快乐的服从他。朋友的体格上的美丽有一种超绝的地方是大卫所承认的；相形之下，他就觉得自己是笨重而俗恶的。

"属于牛的是忍耐的农业苦工，属于鸟的是无忧无虑的生活，"这位印刷家自己说，"我是牛，鲁先是鹰鸟。"

差不多三年了，这两位朋友的命运就这样的联合在一起（这命运在将来是非常光耀的）。他们阅读了和平以来文学界和科举界所出现的大著，席勒，歌德，拜仑，斯各脱，约翰—保罗，柏尔西利物，达微，居维尔，拉马丁等等的作品。他们在这些著作中寻奋发，他们也热烈的尝试过，写些未成熟的作品或是抄袭的文章，放弃了而又重作的诗文。他们不断的工作，没有懈怠的吸取着无尽的青春的力量。他们是同样的贫困，然而却同样的爱好艺术和科学；他们忘记了目前的悲惨，努力于将来的名誉基础。

“鲁先，你知道我刚从巴黎收到什么吗？”印刷家说着，从口袋里拿出了一本十八开的小册子。“你听！”

一般诗人都懂得念书，大卫念了陈匿埃·安德利所著的这首标题为“聂埃尔”的情诗，又念了《青年病夫》，再读了陈氏对于自杀所咏的挽歌，富于古调的诗章和最后的两部讽刺诗。

“这就是陈匿埃·安德利！”鲁先好几次这样的叫唤，“他是太倒霉了，”当大卫太受感动不能继续念下去而让他拿这本书的时候，鲁先念了第三遍这句话，“——一位被另外的诗人所重新发现的诗人！”他看见序中的签字，就这样的说。

“当街写完这部书的时候，”大卫接着说，“陈匿埃还以为是值不得印行的。”

鲁先也来念读《盲人》和其他的挽歌。当他念到：“如果他们没有最高的福祉，世上还有幸福吗？”的时候，他不禁给这本书接了一个吻，两位朋友就同声号哭了，因为他们两个人都非常的溺爱。葡萄蔓加上了颜色，房子的老墙本来是破裂的，突起的，被卑贱的裂隙不整不齐的横穿着，现在却忽然盖上了竖凹线，凸出线，隐起雕，我也不知道那一种建筑上的无数的杰作，都是一位女神的指头所点化出来的。幻想就在小小的黑院里摇荡着他的花草和宝石。陈匿埃·安德利书中的葛美儿就变成了大卫所崇拜的爱薇，鲁先所逢迎的伟大的贵妇。诗章就在猴熊所攀登的工场中动荡着他的衣裾。五点钟打过了，但是这两位朋友既不饿，也不渴；生活是他们的黄金梦，一切世上的宝库都踏在他们的脚下。他们看着“希望”的指头给那些多风波的人所提示的这蓝色地平线的一角，“希望”用气筒一般的响声对这些人说：“你们去罢，你们飞去罢，你们可以从这黄金、白银和碧玉的天色里避免了你们的不幸。”这时刻，一位名叫赛里西的学徒，一个由巴黎让大卫带到安古莲来的顽童，开了朝院的工场的小玻璃门，给这两位朋友介绍一个不认识的生客，这生客就走来给他们行了一个敬礼。

“先生，”他从口袋宴拿出了一本大簿子，对大卫说，“这是我想要刊印的论文，您可以给我估计得用多少钱吗？”

“先生，我们并不承印这样贵重的稿子，”大卫回答着，连瞧也不瞧这簿子，“请您去问问高恩德兄弟罢。”

“但是我们有一种非常精美的活字，还合式，”鲁先拿着稿子说，“请您明天再来，请您把稿子留在这儿，让我们估计一下印刷的费用。”“我不是很荣幸的碰着查尔登·鲁先先生吗？……”

“是的，先生，”经理回答说。

“我很快乐，先生”著作者说，“我很快乐能够遇见有这样光明前途的年青诗人，我是巴尔吉顿夫人派来的。”

听了这个名字，鲁先就涨红了脸。喃喃的说了几句话，表示感谢巴尔吉顿夫人对于他的关心。大卫看出鲁先的脸红和局促，就自己来跟这位乡下绅士谈话。乡下绅士是一篇讨论养蚕的论文的作者，他的虚荣心催促他刊印这论文，希望能够让农学会的同事来拜读。

“好罢，鲁先，”绅士走了之后，大卫就这样的说，“你爱巴尔吉顿夫人吗？”

“太爱她了！”

“但是，你们的成见相隔太远了，比她住在北京你住在格林兰的距离还要远哩。”

“两位爱人的意志可以胜过一切。”鲁先低下眼睛说。

“你要忘记我们了。”美丽的爱薇的情人恐惧的回答。

“不，说不定我要因为你而牺牲我的情妇。”鲁先叫起来说。

“这就是陈匿埃·安德利!”鲁先叫着说。

“你说什么?”

“无论我如何的爱她，无论我有多少的兴趣到她家里去装做家主的样子，我已经对她说过：如果比我天才还要高，前途还要光明的人，我的哥哥，我的朋友施且尔·大卫没有受到她的接待的话，我永远也不再到她那儿去。我正在家里等着她的回答。虽然今天晚上她请了一切的权贵来听我念诵诗章，假如她的回答是反面的话，我也绝对不到巴尔吉顿夫人家里去。”

大卫拭干了眼泪，紧紧的握住鲁先的手。时钟打了六响。

“爱薇一定很不放心；再见。”鲁先突然的说。

他跑了，让大卫一个人受到这年纪所特有的感情的袭击，特别是在这两个还没有被外省的生活打折翅膀的年青的天鹅（诗人）落在这情景的时节。

“黄金的心田!”大卫叫了起来，用眼睛陪着鲁先穿过工场。

鲁先从博刘散步场经过明拿慈街和圣彼得门走下，到湖姆去。他所以采取这样一条最长的路径的道理，您可以说是因为巴尔吉顿夫人的房子正好坐落在这条街上。他都是在不知不觉之中非常高兴的走过这位女人的窗下，两个月以来，他甚至于不再走巴勒门那条路了。

走到了博刘的树林底下的时候，他就端详了一下隔断安古莲和湖姆之间的距离。乡土的风尚给这一城一镇盖上了一个道德的屏障，比鲁先所走下的堡垒还要难于走得通。这位年青的有心人刚刚能够进身到巴尔吉顿公馆来，在那里投上他的光荣，这简直是跟城镇之间的吊桥一样；他很不放心她的情妇的决定，正如一位宠臣在施展权力之后又怕失宠一般。那些没有观察过分为高低二城的都市所有的特殊的风俗的人对于这些话恐怕是不大明白的；所以，我们必得解释安古莲，这些解释可以使读者了解这篇故事的主要人物巴尔吉顿夫人。

安古莲是一座古城，建筑在一块类似糖块的山岩上的；这岩层统制着查兰特河所流穿的草地，朝着柏里高尔，接连着一道忽然沉没在巴黎—保尔都大道之上的长岭，结成了三个风景如画的山谷所描绘出来的海岬。这座城池在宗教战争时代的重要性可以用他的堡垒，他的城门，和一个坐落在山岩高处的炮台来证明。他的地位，在当年的天主教和加尔维尼教两派的人物看来，都是同样宝贵的战略据点；可是，当年的威势就是现今的衰弱的原因。他的堡垒和他那太乎倾斜的山坡本来是用来支持他，不让他崩倒在查兰特河中的，现在却宣告了他那最悲惨的不动性。差不多在这篇故事发生的同时，政府正在想方法，要把这座城发展到柏里高尔那边去，政府就沿着这山岭盖了行政区公署，建了一所海军学校，军事机关，同时又兴筑道路。但是这城的商业却是非常发达的。湖姆镇的发展就好像是山岩之下，河流旁岸所生的一群菌菰似的，沿着这条河就是从巴黎通到保尔都的大道。没有一个人不知道安古莲制纸业的出名，三世纪以来，这些制纸厂就繁盛的建立在查兰特和他的支流的河畔，因为那里有许多的瀑布。国家会在庐埃尔建立一所规模最大的海军铸炮厂。运输，邮驿，旅店，制车业，公共车业，一切生活在这条大道和河中的工业都集中在安古莲的城下，避免周围的危险。当然，硝皮业，洗衣业，一切水中的商业都是查兰特的生产；还有火酒栈和一切由河道运输的原料的存积，最后，一切过境的货物都在查兰特河旁岸的货栈上起卸，所以，湖姆镇就变成了一个富有的工业城市，高处老城所妒忌的安古莲第二。高处老城是政府，教区，法院，贵族的所在地。所以，不论湖姆的势力是如何的活跃和发展，他到底还只是安古莲的附庸。高城是贵族和权力，低城是商业和金钱：两个到处永远敌对的社会区域；所以，我们也很难猜想在这两座城市之中那一个是更仇恨另外一个的。这种敌对的情形在帝国时代相当的和缓，可是复辟以来的九年间却又越加的严重化了。大部分安古莲高城的房子都是贵族的家庭或是靠着税收的退休的中产阶级所居住的；这些家庭就组成了一个类似土著国家的区域，绝不接待外人。要是有一个家庭好不容易因为和本地的家庭有姻戚关系而从邻省搬到这里来住了二百年的话，在那些本地人看过去，他还只像是昨天刚搬来的。区行政长官，税收官，四十年来前前后后的政府设施都会想过方法来开化这些类似栖在石头上面的狐疑的老鸦的老家庭；这些老家庭也曾接受过他们的宴请，然而要想来到他们的家中，他们却要坚决的拒绝。这些家庭都是喜欢谑笑的，诽谤的，妒忌的，吝啬的；他们彼此通婚，结成一种紧密的军团，不让任何人出去，也不让任何人进来；近代奢侈品的发明，他们是不知道的；在他们看来，把孩子送到巴黎去这就等于要丢掉这孩子。这种谨慎的态度可以描述他们的习尚和落伍的风俗。他们感染着一种愚笨的保王主义。他们的固执多半是因为他们的忠心，并不是因为他们的信虔。他们都是不动的生活着，正如他们的城池和山岩一般。不过，在毗连的省份中安古莲总还算是享有优良教育的美名。邻近的城市都把女孩子送到这里的寄宿舍和修道院来。我们不难看出影响人们情绪的有多少的贞洁的精神，来分别安古莲和湖姆。商人大半是富有的，贵族大体是穷困的。两者都以同等的轻蔑彼此相责骂。安古莲的中产阶级颇适合于这一类的争吵。高城的商人用一种无法形容的腔调说镇里的商人："这是湖姆人!"复辟给法兰西的贵族描绘了他们的地位，给他们一些不是整个推翻社会就不能够实现的希望，在安古莲和湖姆之间给他们伸展出道德上的距离比土地上的距离还要远。那时候和政府联合的贵族社会，在那里变成了比任何法兰西其他地方都专横。湖姆的居民很像是被褫夺公权的人。就是因为这个缘故，他们的怀恨是隐蔽的，然而却是深刻的，因此也就于一八三〇年发生了一致的暴动，毁灭了法兰西那根深蒂固的社会成分。内宫的贵族在朝廷中使国王厌腻外省的贵族，就好像外省的贵族使中产阶级失宠，压制一切的荣华一样。把湖姆的一个人，一个药师的儿子，介绍到巴尔吉顿夫人家里去。这已经是一个小小的革命。谁是这革命的发动人呢？拉马丁，雨果，德拉维田，卡拿尼斯，柏郎志，沙都勃里昂，维尔曼，爱昂，苏梅，迪梭，爱提恩，达维里尼，边查民，孔斯顿，拉曼乃，古森，米珠，还有新旧的插画文艺刊物，有的是自由主义派的，有的是保王主义派的。巴尔吉顿夫人爱好艺术和文学，这是妄谬的嗜好，安古莲所特别发达的奇癖。可是这奇癖却是描述这位天生惹人注意，因为环境的决定而堕入黑暗的女人的生活所必要的。这位女人的影响可以决定鲁先的命运。

巴尔吉顿先生是保尔都一位县官米罗尔的玄孙，米罗尔在路易十三时代因为功勋而得到封爵。路易十四的时侯，他的儿子就变成了巴尔吉顿·米罗尔，当了门卫的官长，娶了一位富有的女人，结果在路易十五时代，这结缡所产生的儿子就简简单单的叫做巴尔吉顿先生了。这位米罗尔县长的孙子巴尔吉顿先生非常努力的排场绅士的派头，结果就把家产整个儿的吃光了，破坏了家庭的财富。他有两位儿子，其中的一位就是现今的巴尔吉顿先生的叔叔，后来做买卖，又在保尔都商界中变成米罗尔了。因为安古莫瓦罗慈福哥尔封地中的巴尔吉顿土地和安古莲那所叫做巴尔吉顿公馆的房子的换三，饭桶巴尔吉顿先生的孙子就承继了这两块产业。一七八九年，他失了录用权，只剩下值得一万佛郎左右租金的一块地产。如果他的祖父曾经学过巴尔吉顿第一、巴尔吉顿第二的话，这位巴尔吉顿第五却只自号为哑巴先生，当了巴尔吉顿侯爵；他和几个大家庭颇有交游，自己觉得是公爵、世卿，和其他的人一样；一八〇五年，他因为娶了纳格礼柏里斯，马利一路易丝—阿纳斯小姐为妻大受人家的恭维；这位小姐是一位久已被人忘记的绅士的女儿，虽然这绅士是属于法兰西南部一个最古的家庭的支派。在圣路易的人质中有一位纳格礼柏里斯；但是这一家的长房家主却取了一个辉煌光耀的姓氏，埃斯巴尔，这姓氏是在亨利四世时因为和这家庭的女承继人结婚而得到的。这绅士是支派的支派，他依靠妻子的财产生活，他的妻子有块小土地，坐落在巴尔不齐附近。他很会开发这土地亲自到市场去售卖他的麦子，自己烧酿自己的酒，对于人们的嘲笑毫不介意，只要能够堆积金钱，能够随时扩张地界。偶然间，一个外省不可多见的特殊环境到来了，这环境薰陶了巴尔吉顿夫人对于音乐和文艺的嗜好。在革命时代，罗斯教士的高足倪勿郎教士会躲在埃斯卡尔巴小别宫里，带着排字的器具来。他优厚的报答这位老绅士对他的款待，就来给他教育女儿阿纳斯，纳斯就是她的简称。如果没有这个机缘，她就会变成一个行为不正的女人，或者最不幸的，就会变成一个坏女仆。教士不但是音乐家，同时对于文学也有极广阔的认识，他懂得意大利语和德意志语。所以，他就教纳格礼柏里斯小姐这两国的文字；他给她解说法兰西、意大利、德意志的大著作，跟她一块儿读着大音乐家的乐谱。此外，为着推翻政治局势所责判他的极端闲散的孤独生活起见，他又教她希腊和拉丁，给她一些肤浅的自然科学知识。母亲的在场并没有改变这种男性给这位惯于田野的独立生活的少女所授的教育。倪勿郎教士有热情，有诗意，他特别爱好艺术家，他有许多令人敬重的美德，就是在思想方面，他也是远在中产阶级之上的，因为他有自由的判断和广泛的见识。如果这世界可以用深刻来宽恕他的冒险的话，他似乎是用自己所灵感的歧途来扰乱人家的私生活。教士并非没有心肠，他把他的思想传染给这位少女，这位少女对于年青人所有的自然的奋发是用田野的独立生活来增补的。倪勿郎教士把他那勇敢的观察和他那轻快的判断传授给他的弟子，没有想到这些性格在男人方面虽是必要的，然而在命中注定来做谦卑的母亲的女人方面却是极大的错处。虽然教士常常提示他的女学生要和她的知识的增进同样的增进她的柔和与温存，可是纳格礼柏里斯小姐却有自己的超群的意见，认为人类就是一个莫大的轻蔑。她只看见倒在她的身边有一些下等的人和一些忙于听从她的人，她有大家闺秀的高贵，然而却没有她们的多礼的柔和的诈伪。因为一位穷困的教士的多方的恭维（这教士要在她身上找到钦佩自己的地方就好像一个著作家要在自己的作品中自觉满意一般），她没有碰到任何的比较，可以帮助她去下判断。这是很不幸的。没有伴侣是乡村生活的最大的不方便。因为没有对别人贡献过态度上或服装上的小牺牲，人们就失去了为他人而自谨饬的习惯。于是乎，身上的一切都腐化了，不论是外表上的。或是精神上的。因为没有受到社会关系的抑制，纳格礼柏里斯小姐在思想上所有的勇敢又传染给她的举止，她的眼色；她有一种武士道的神气，这神气初视之，颇为新奇，然而却只能是有冒险生活的女人所有的。所以，这种教育本来可以在高等社会中渐渐的加以修饰，然而崇拜她的人却没有把她那只能在年青时期显得漂亮的错处加以神化，结果反而使安古莲人窃笑她。至于纳格礼柏里斯先生呢，他却把女儿所有的一切书籍拿来救护一只病牛；他太吝啬，他甚至于布除了在她所应得的收入之外不给她两个铜子儿，虽然她的教育费则是必要的。教士在一八〇二年亲爱的女孩子没有结婚之前就死去了。这婚姻当然不是他所同意的。教士死了之后，老绅士总以为颇受女儿的阻碍。他觉得自己太懦弱，不足以应付即将发生于他的吝啬和游闲独立的女儿之间的争斗。正和一切过来人一样，纳斯自己决定自己的婚姻，不加顾虑。她不愿意以自己的智慧和人望屈服在偶然碰到的没有价值的男人或是没有什么了不得的人物下面。她要命令别人，然而却得服从、顺从粗卤的私意而妨碍她的嗜好，跟着她所喜欢的情人一同逃走。在这二者之中，她的决定是无需犹豫的。纳格礼柏里斯先生总还算是一个绅士，他只怕没有门当户对的联姻。跟一切的父亲一样，他决定要女儿结婚，然而这却不见得完全为她设想，大半是为自己谋清静。他得寻找一位贵族或没有多少脑筋的绅士：不会向他追问他所要给女儿的保护权，相当的糊涂，没有什么毅力，可以让纳斯自由的行动，同时也不大在乎她的嫁资。然而，怎么能够找到一个既可以合乎父亲的心又可以合乎女儿的意的佳婿呢？这样的一个男子一定是一切佳婿之中的凤凰。因为这双重的利益，纳格礼柏里斯先生就研究了本省的一切男子；他觉得只有巴尔吉顿先生可以适合他的条件。巴尔吉顿先生已经四十岁了，年青时的情场失意使他大为损伤；人家都责骂他，说他毫无脑筋；然而，他却刚刚好留有管理产业的感觉，刚刚好有相当的礼貌，可以让他在安古莲社会上不至于弄出笑话，做出傻事。纳格礼柏里斯先生非常严肃的给他的女儿解释这位他所提议的标准丈夫的消极的价值，他又给她说明她可以为着自己的幸福而利用她的丈夫：她就这样的嫁给了这位有二百年的旧徽章的人物，因为巴尔吉顿家的徽章的形状是：全面分为相等的四块，其中斜对的两块都是金色地，都有三个红色的鹿角，上行一个，下行两个，又都有三个黑色的牛角，交叉其间。另外的斜对两块都分为六平行道，三道蓝色，三道银色，蓝色道上配有六个金色的蚌壳形，上道一个，中道两个，下道三个。她戴上一顶古帽，隐蔽在社会的理由之下，聪明和美丽所得到的巴黎方面的关联的支援之下，自由的施展着她的福运。纳斯醉心于一种似是而非的所谓自由。巴尔吉顿先生自以为是结了一个体面的婚，他计算他的岳父不至于太晚把爱情所扩张的土地让给他；但是到了那个时候，恐怕纳格礼柏里斯先生还得给他的女婿写墓碑哩。

那时候，巴尔吉顿夫人年纪三十六岁，他的丈夫却已五十八岁。这差异其实还不止此，巴尔吉顿先生好像已经有了七十岁，他的妻子又好像可以装扮少女，穿上玫瑰色的衣裳，梳上女孩子的头发似的。虽然她们的财产还没有超过一万两千佛郎的息金，她却被人列在老高城六大富豪之中的一个，商人和官员除外。巴尔吉顿夫人等着要承继她的父亲，到巴黎去，然而父亲却让人等着，甚至他的儿子都在他之前死去。跟父亲来往的必要迫着巴尔吉顿夫妇住在安古莲。纳斯心中所藏蓄的精神上的性格和原质一定要在那里毫无结果的消磨殆尽，慢慢的变成可笑的。事实上，我们的笑话大部分都是从我们的好心肠，我们的德性，我们的极端的功能产生出来的。大社会所没有改变的骄傲就变成了对于小事的固执，而不是发展于高尚的情感之中。奋发是德性的德性，他培育圣女，灵感隐蔽的献身和华丽的诗文；然而，他却变成了夸大狂，因为他使她瞧不起外省的任何人。教育是伟大精神辉发光芒的中心，满布着思想的中心，一切都在那里自新的中心；离开了这中心，教育就变成老朽的了，嗜好就像死水一般的变性了。缺乏训练，感情就缩小了，反之，就可以扩大卑小的事物。这就是吝啬的来源，也就是毁坏外省生活的长舌妇的喋喋不休的原因。渐渐的，甚至于连最出色的人物也都会来摹仿狭小的思想和菲薄的态度。就是因为这个道理，天生的伟大人物，受过社会教育的修正和高贵精神的制造而曾经感动人世的女人，也终于灭亡了。巴尔吉顿夫人从文学里提取诗法，可惜她没有分别什么是私人的诗什么是群众的诗。事实上，有许多的不可解释的感觉应当保留给自己。当然，太阳的西沉是一首伟大的诗章，但是一位女人用艳丽的词藻在一群机器一般的人物面前描写他，这不是很可笑的吗？这里有逸情，然而这逸情只能够由两个人来玩味，诗人和诗人，或是有心人和有心人。她的错处就是用重语插在大而无当的句子里，这就是每天早晨给不能消化而强吞下去的订报人所修饰的“面包片”。这是新闻界的隐语，其实是很巧妙的叫法。她毫无制限的滥用着极级形容词，来充塞她的会话，极微末的东西都会在她的会话中变成非常巨大的。从这时候起，她开始比喻，分别，综合，戏剧化，超卓化，分析，诗歌化，散文化，放大，神异化，意义化，和悲剧化一切的东西；因为她需要暂时破坏语言，来描写女人们所有的新奇的邪癖。她的语言燃烧着她的脑筋。过分的美丽的赞词随时挂在她的心中，她的嘴上。她因为一切的事情而心悸，而晕绝，而兴奋：为着一位忧闷的妹妹的献身和福赤兄弟的受刑，为着阿雨冷古尔先生的伊不西培和刘一士先生的阿娜甘达，为着梵勒特的遁避和一位让贼人逃走的梵勒特的朋友的喊叫。在她看来，一切都是超越的，特殊的，奇异的，神圣的，伟大的。她兴奋，她发怒，她打着自己，她奋身前进，她跌倒，她看着天空和地上；她的眼睛满充着眼泪。她把她的生命应用在永远的钦佩之中，消费在奇异的轻蔑之上。她想着熟尼那的总督，要跟他在宫阙中争斗，她要寻找一个庞然的大物，让她放在口袋里，扔在水中。她羡慕斯坦霍布·埃斯特贵人，沙漠中的女学究。她羡慕当圣葛美儿的修女，到巴尔塞仑去看护病人，因而能够染到黄热病而死去：这是一个伟大而高贵的命运！还有，她渴望着自己生命之所无而隐藏在草丛之中的一切的清泉。她崇拜拜仑，她崇拜庐梭，她崇拜一切的诗人和戏剧家。她为一切不幸的人而流泪，她为一切的胜利而欢呼。她同情战败的拿破仑，她同情屠杀埃及暴君的莫罕默德—阿里。最后，她给赋有天才的人加上顶上圆光，相信他们活在香气和光辉之中。好多人都认为她是疯子，不过是没有危险的疯子而已；但是，在一些聪明的观察家看来，这些都好像是一建筑就崩塌的伟大的爱情的残迹，神圣的耶露撒冷的废墟，没有情人的爱情。这而且是实在的情形。巴尔吉顿夫人十八年的初期结婚生活史可以用几句话来叙述。相当的时期，她都是依靠自己的东西和辽远的希望而生活着的。后来，当她知道财富的限制不能让她享受她所羡慕的巴黎生活之后，她就开始研究围绕身边的人物，战栗着自己的孤单了。她的身边没有任何的男子可以给她灵感。那些生活平淡无奇干燥无味的女人们因为失望而养成疯狂。她不能够依靠任何的东西，甚至于偶然的机会，因为世界上确有许多的生命，他们就连偶然的机会也碰不到。帝国的全盛时代，当拿破仑侵入西班牙，发挥他的军事的光荣时，这位一向失望的女人的希望却重新的苏生了。好奇心逼着她去欣赏这些听到一句命令就征服了全欧洲，这些重温武士道的神话的英雄。最吝啬而最执拗的都市都非得庆贺皇上的禁卫军不可，禁卫军前面走着市长和区行政长官，口中对众演说，就如称扬王族一样。巴尔吉顿夫人参加了本城的军队所发起的跳舞会，她在那里迷恋了一位绅士、一位低微的少尉；狡猾的拿破仑曾给这位少尉指示过法兰西元帅的手杖。这种克制的，高贵的，伟大的情感和她一向所有的易于生灭的情感不同，这情感是贞洁的让死神的手给确定了的。在瓦格兰战场上，一颗炮弹穿破了唯一证明巴雨吉顿夫人的美丽的人物甘德—古瓦侯爵的心。她长期的哀哭这位美丽的青年。这位青年在两次的战功之后升为上校，他受到光荣和爱情的奋激，然而在他眼中纳斯给他所写的信要在皇帝的褒奖之上。苦痛在这位女人的脸孔上投下一层悲愁的面幕。这愁容一直等到她开始惋惜没有享受过美丽的年华的快乐，看到自己的玫瑰花的衰萎，自己的情欲的重新复生而要延长她的青春的最后的微笑那时候为止，才消散了的。当外省的冷酷打击她的时候，她的一切优点都变成她的灵魂的隐痛。正如林中的鼪鼯，偶尔和一些只知道饭后赌钱的男人们相接触而觉得玷污了名誉的时候，她会因为伤心而死的。她的骄傲防止她有外省的悲惨的爱情。在围绕她身边的无能的男人和死亡之中，这位这样的女人宁可选择死亡。所以，婚姻和社会在她看来都只是一个修道院。她之生活于诗文之中就好像圣道院的修女之生活于宗教之中一样。一八一五年至一八二一年之间所出版面一向尚未经她过目的外国的大著作，保拿尔先生和麦斯特尔先生这两位尖锐的思想家的论著，还有法兰西比较没有那样伟大而引起她的最初兴趣的文学作品，这一切的一切都美化了她的孤单生活，但是却没有软化她的精神，也没有柔化她的体格。她还是跟一棵能够支持电击而不倒毁的树一样的硬直、坚强。她文饰她的庄严，她的贵质使她变成珍异的、精细的。正如那些喜欢受佞人的崇拜的人一样，她用她的错处来获取人们的崇奉。这就是巴尔吉顿夫人的过去的冷酷的历史，我们必得叙述他，因而能够了解她和鲁先的关系。鲁先只是简简单单的被人介绍到她家里来而已。在这最后的一个冬天里，这城里忽然来了一位人，他对于巴尔吉顿夫人的单调生活给加上了不少的生气。间接税务局局长的职位刚刚好缺人，巴兰特先生派了一个人来接任。这人的冒险史相当的帮助他，使他能够引起这位女人的好奇心，当做通行证，让他自由来到本城王后的家里。

查特利爵士先生初生时只是简简单单的查特利西克斯特，然而在一八〇六年之后，他却居然聪明的自称为贵族；他是拿破仑时代避免应征住在皇帝身边的一个可爱的青年。他的事业是以某位公主的秘书为开端的。查特利爵士先生有他的地位所引起的一切的无能。他的身体健康，是一位美男子，善于跳舞，知道打台球，巧于一切的运动，他是社会上一个平庸的脚色，浪漫斯的演唱者，雅言的喝彩家，什么都能做，什么都顺从，什么都喜欢；他什么都知道，然而却什么也不懂。他不懂音乐，然而却胡乱的给一位千辛万苦的费了一个月的工夫学会了一首浪漫歌而要高兴演唱的女人伴奏钢琴。他没有能力感觉诗意，然而却请求人家让他有十分钟的时间踱来踱去的即席赋诗，作一首什么四句诗，平淡得简直和吹风一样，只有押韵，没有意境。查特利爵士先生还有编织地毯的天才，地毯上面的花朵是公主已经开始做过的；他用无限的风韵拿着夹在公主指间的丝束，对她说些乱七八糟的废话，把肆言放在多少有孔隙的丝织品中间。他不懂得绘画，然而却知道摹仿一张山水，描绘一个面像，涂画一件衣服，而加以设色。总之，当女人们在世事方面有想象不到的大势力的时候，他正有这些可以使他走运的小本事。他自认为对于外交有特别的专长。外交是那些不知道任何学科的人的学科，是那些因为脑袋空虚而要故意显得深刻的人的学科。不过，这倒是一种非常方便的学科，因为他正是这些高贵的用法的练习所表显出来的：他要一些谨慎的人，他允许不学无术的人一句话也不说，用神秘的摇头来遮掩一切；总之最专长于这一门学科的人就是那些抬着头在似乎是他所指挥的事局上游荡着，好像是特别的轻快的人。正如一切的艺术一样，由一个天才看来，这里也有成千成万的平庸。无论如何的曾经给公主效过一些平常或是异常的功劳，女主人的面子却并没有能够把他安插在内阁中。这并不是因为他没有能力当一个优美的内阁员外郎，和其他的人一样，而是因为公主有意的要留他在身边，不让他到任何其他的地方去。然而，他到底是被封为男爵了。他以特使的资格来到卡西尔，事实上也在那里显得非常的与众不同。换句话说，拿破仑曾经在一个纠纷中派他当一个外交的跑腿。帝国灭亡的时候，皇帝正好答应查特利男爵，要任命他当熟龙姆附近维斯特发里的公使。在他损失了他所谓的这钦差的职务之后，他就大大的落魄了：他就和孟特里物・阿尔曼将军到埃及去旅行。因为偶然间的失散，他就在两年之中徘徊于沙漠之内，从一个部落走到另外一个部落，当了阿拉伯人的俘虏；

阿拉伯人彼此之间流转的贩卖他，然而却一点儿也利用不到他的才能。最后，他来到了马斯卡特回教教师的领地，而孟特里物将军却走到丹吉尔；但是，侥幸得很，他居然能够在马斯卡特找到一艘英国帆船。这条船开回欧洲去，他也能够在他的同伴之前一年回到巴黎。近期的不幸，昔日的关系，他给那时候的大人物所贡献的功劳，这些东西就把他介绍给内阁总理，总理就把他安插在巴兰特爵士先生的身边，等着第一个自由的官缺。查特利爵士在公主身边所有的权势，他那走运的名声，他的旅行的奇迹，他的苦痛，这一切的一切都引起了安古莲女人们的好奇心。懂得高城的风俗之后，查特利男爵就有许多适应结果的行动。他当了病人，假装厌倦靡萎的神气。

他时时刻刻钩着他的头，好像他的苦痛不让他有任何的松懈似的，这是一种小小的示威，可以使人回亿他的旅行，对他引起兴味。他来往高级官员的家门：将军，州长，总税务司，主教的家；但是他却到处显得谦恭有礼，冷淡，略带骄傲的样子，好像没有地位等着宠幸的人似的。他让人家猜想他的社交天才，他就赢得不让人家认识他；然后，等他获得人家的注意而没有懈怠人家的好奇心之后，等他在大教堂里认清男人们的无能，细细的观察一切的女人之后，他就相信跟巴尔吉顿夫人交游最为合式。他计划用音乐来做敲门砖，打开这外人无从侵入的门庭。他秘密的找到了一本米罗瓦尔的弥撒乐谱，就在钢琴上研究他；然后，在全安古莲的社会都到教堂去做弥撒的一个星期日，他就用演奏风琴来惊动无知的人众，小心的嗾使下级的教士宣扬他的名字，唤起人们的兴味。走出教堂的时候，巴尔吉顿夫人给他致贺，又对他表示没有机会和他共同奏乐的遗憾；这是他用心设计而得到的会面，在这会面之中，他终于让人家给他送来他所求之不得的通行证。巧妙的男爵就这样的来到安古莲王后的家中，给她尽了许多招祸的义务。这位年老美男子（因为他已经四十五岁了）清楚在这位女人身上有一个可以使其重新活跃的青春，有一些可以变成贵重的宝库，有一个可以让他迎娶的富有希望的寡妇的可能，有一个可以使他因为和纳格礼柏里斯家族的联姻而在巴黎得到侯爵的衔头，可以使他有重开政治生涯的希望。这虽然是一棵可以使美树腐烂的灰暗而奢华的寄生木，他却决定要粘着他，给他删除无用的树枝，培植他，希望能够收获到美果。贵族安古莲城全体喧哗着巴尔吉顿夫人的引狼入室，因为巴尔吉顿夫人的客厅是个纯粹的诗社。只有主教是常来的，就连州长一年也不过被她接待过两三次；总税务司一点儿也进不来她的门；巴尔吉顿夫人参加他的夜会，他的音乐会，然而却从来没有在他家里吃过饭。不延见总税务司而接待平常的间接税务局局长，这官场上的颠倒简直是那些被轻蔑的权贵所不能了解的。

那些能够想入非非走小路，能够在社会上鬼混的人一定可以懂得巴尔吉顿公馆在安古莲中产阶级中有何等的威严。至于在湖姆，这座小罗佛尔宫，这所安古莫瓦的郎培伊埃公馆的光荣简直是和太阳一般的照耀着。一切到这里来聚会的都是最可怜，最无智慧，住在二十法里以内的最无才能的人。大家都用激昂的诡辩粗野的讨论政治，在他们看来，每日新闻简直是不足重轻！在他们看来，路易十八是一个激烈的民党。至于妇女们呢，大部分都是愚笨粗卤的，穿得不甚雅观。她们都有使她们越规的缺点。一切的一切都是不完全的；不论是会谈也好，服装也好，精神也好，肉体也好，其实都是不完全的。如果不是于巴尔吉顿夫人身上有计算，查特利绝不会到这里来。不过，阶级的风度和阶级的精神，绅士的派头，小别宫的贵族的骄气，礼节的认识，却在这里盖住了这空虚。在这里，感情的贵气比巴黎社会的大派还要真实；不过在这里，人家对于布尔崩王朝总算是有个尊敬的热情。如果我们可以提供一个图像的话，我们可以用变黑的沉重的旧银器来比况这个会社。政治见解的顽固有类于忠实。这会社和中产阶级之间的距离，这后者参加这会社之不易，这给他装出一种超高的地位，给他附上了宪章所规定的价值。在居民看来，每一个贵族都有他的价格，正如小贝在崩巴拉的黑人社会中代表金钱一样。许多受过查特利恭维的妇女都认为查特利有她们会社中其他男人所没有的优点，她们都抑制着自爱心的暴发，希望能够继公主的后任。过于求雅的词人认为人家可以在巴尔吉顿夫人家里看到一位"僭越人"，然而这个人却不是任何其他的家庭所要接待的。查特利爵士受到许多无礼的侮辱，可是他却能利用小教士来保持他的地位。然后，他就来抚慰本地人所加在安古莲王后身上的批评，他给她带来一切的新书，给她念读刚出版的诗集。两个人共同欣赏年青诗人的作品；她是诚恳的，他却不耐烦，然而他倒有耐心来念读浪漫派诗人的著作，不过他虽是皇家学派，他却不大懂得这些诗歌。巴尔吉顿夫人因为布尔崩王室回朝的影响，特别的欣赏文艺复兴的作品，她非常喜欢沙都勃里昂管雨果叫做"超等的儿童"。她抱歉只能够在远处认识天才，她朝着住有大人物的巴黎叹息。因此，查特利爵士就很得意的告诉她在安古莲也有另外一个超等的儿童，这位年青诗人的光辉其实可以超过巴黎诸星座的光芒，不过他自己还不知道罢了。一位未来的伟人生在湖姆！中学校长曾经把许多优美的诗章拿给男爵看。这位儿童是贫困而卑贱的，他是一位没有政治恶习的沙特尔顿，然而却没有使英国的诗人们为文攻击他们的恩人那样的猛烈反对社会的怨恨。巴尔吉顿夫人社会中有五六个与她共好艺文的同志，有的因为懂得乱拉胡琴，有的因为会在类似白色的纸张上涂抹墨水画，有的因为当农学会的会长，有的因为有低音，可以让他歌唱 se fiato in corpo avete。在这些怪像之前，巴尔吉顿夫人觉得简直是画饼充饥。所以，当她听见这消息的时候，她的快乐是无法形容的。她要见这位诗人，这位天使！她太爱他了，她非常的兴奋，她整天的谈论他。第三天，过去的外交界跑腿就和中学校长办交涉，要求他介绍鲁先到巴尔吉顿夫人家里来。

只有你们这些外省的可怜的落魄人（你们社会阶级的距离是比巴黎的阶级距离还要悠远的，因为在巴黎人的眼中，这种距离已经一天一天的缩短了），只有你们这些被彼此隔离，互相排斥，互相责骂的各种不同的社会栏杆所重压的人，只有你们这些人才懂得当有权力的中学校长告诉鲁先可以自由出入巴尔吉顿公馆的时候，他的脑中和心中所有的是那一种的慌乱！光荣已经使这些门户转动铰链！有一天，当他晚上和大卫两个人一同在博刘散步，谈论说他们的名字恐怕永远也到达不了这些听不惯下层阶级所努力的什么科学的耳朵时，这公馆的屋脊的老尖端曾经引起过他的注意，现在他却就要受到这公馆的欢迎了。他的姊姊是唯一知道这秘密的人。爱薇是一位好管家，一位神灵的卜者，她从财库里拿出了几个路易，到安古莲的一家最好的鞋店去给鲁先买了一双鞋，到一间最出名的成衣铺去给他买了一身新衣服。她给他的衬衫装上襟饰，这衬衫是她亲自给他洗净的，给他摺好的。看见他这样的装束，她是如何的快乐啊！她要怎么样的为弟弟而骄傲啊！多让人敬重啊！她想到许多幼稚的小念头。默想使鲁先养成了一坐下就曲肱而依的习惯，他甚至于拉桌子来靠；爱薇禁止他在贵族诗社里自由做些没有拘束的举动。她陪着他一直走到圣彼德门，差不多要走到大教堂的对面，她瞧着他走上博刘街，走到散步场；查特利爵士先生就在那里等待他。然后，这位可怜的少女就呆呆的受到感动，好像是做了一桩大事似的。鲁先到巴尔吉顿夫人家里去，这在爱薇看来，简直是幸运的开端。这位神圣的少女，她不知道野心的开始就是天真的终止。当鲁先走到明拿慈街的时候，

鲁先那出类拔萃的美丽，举止的懦怯，完全抓住了巴尔吉顿夫人。

外界的事物一点儿也不惊动他。这个因为思想而变大的外省罗佛尔宫是一座用本地的嫩石建成的房子，又由时间给他镀上黄金色。朝街的外观相当的惨淡，内部非常的简陋，然而却是全省的清冷而织丽的宫庭。这是质朴的建筑，半道院式的，谨慎的保存的。鲁先登上有栗木小柱头的老扶梯，扶梯的层级自第二层楼起就不是石制的。穿过了一个简陋的等侯室和不甚明亮的大客厅之后，他就在一间装饰着雕有前一世纪的风味的雕刻，画有灰色的图像的花板的小客厅里遇到了这王后。门的上端是单一色的图画。一张老旧的大马色丝织品薄薄的盖住墙边的雕板。老式的家具可怜的隐蔽在有红白方点的布罩之下。诗人看见巴尔吉顿夫人坐在盖有绿色桌毡，被两条蜡烛和一个遮光兜构成的烛台所照耀的圆桌之前的一张垫有棉布褥子的安乐椅上。

王后并不站立起来，她在她的座位中非常幽雅的绞转，对诗人发出微笑。诗人大大的受到这蛇类一般的振翮的感动，他觉得这动作很特别。鲁先那出类拔萃的美丽，他的举止的懦怯，他的声音，这一切的一切都让他抓住巴尔吉顿夫人。这位诗人已经是一首诗。年青人用谨慎的眼色偷偷的细察这位女人，他觉得她是名不虚传的；她一点儿也没有不符合他对这位伟大的贵妇所有的想象。巴尔吉顿夫人跟着时髦，戴上一顶黑丝绒的便帽。这种装饰是中世纪的遗留，可以放大女人来压制年青男子；便帽之下露出了散漫的红栗色的头发，照在灯光之下变成黄金色，耳环的周围则是褐色的。贵妇的脸色很光亮，可以补偿这褐色的所谓的不大方。她那灰色的眼睛发出光辉；她那已经皱了的额头就用那大胆修饰的白肉块来包围这两只眼睛；眼睛的周围有一道发亮的边缘。鼻子的两边有两条蓝色的脉管，可以使人判断这个巧妙的装框的洁白。鼻子有布尔崩血统的曲线，加在一个长脸孔的光辉上，就好像是显露在冈地家族的脸上的引人的一点。头发并没有整个的遮住颈项。无意中交错的长袍让人看得见雪一股白皙的胸脯，眼睛可以在那里猜想出无疵的，地位适当的乳部。巴尔吉顿夫人就用她那细长修整而有一点枯干的手指给这位年青的诗人做出一个友爱的姿势，给他指示在她身边的一张椅子。查特利爵士先生坐在一张靠椅上。鲁先看见他们是单独的，没有别人。巴尔吉顿夫人的谈话迷醉了湖姆的诗人。和她在一起所过的三个钟头的光阴在鲁先看来就是人家要其变成永久的梦幻之中的一个梦。他觉得这位女人并不是生来清瘠的，而是忧愁而瘦的；这位女人是富于情热的，然而却没有爱情；这位女人虽然是强壮的，然而却有病；她的举止所放大的错行使他喜欢，因为年青人开始喜欢放肆，喜欢美丽的灵魂所撒的谎。他一点儿也没有注意到留在面颊上的麻疹的斑迹，和这颊上因为苦楚烦恼所生的带红的颜色。他的想象最初就占住了她那火焰一般的双眸，发闪的漂亮的发鬈，洁白的皮肤，他觉得自己就像飞扑烛火的蝴蝶一般的扑着这些光点。然后，这个灵魂就侃侃如也的谈到她自己，使他能够判断她。这位女人的激发的诱导，巴尔吉顿夫人久已重复然而在他方面即是新鲜的老诗句就尽其所能的昏惑着他。他并没有带诗来念，然而这也不成为问题：他忘记了他的诗，这却能够使她获到重来的权利；巴尔吉顿夫人一点儿也没有请过他念诗，因为她要他另一天再来念读。这难道不是第一个盟证吗？查特利先生对于这一次的接待并不高兴，他太晚才在这位美青年身上看出是他的敌人，他一直送这位青年到博刘下面的第一个山坡的迂路上，想用外交的法术来克服他。鲁先并不是不奇怪的听着这位间接税务局局长夸张他的介绍，却说了许多关于这方面的劝告。

查特利爵士先生说：但望鲁先要比他得到更好的待遇！王宫里还没有这无知的社会那样的对人不客气。在这社会里，人们可以到得致命的创伤，人们可以受到讨厌的轻蔑的侮辱。如果这些人不改变的话，一七八九年的革命一定还要重演。至于他，他所以继续到这房子来的原因，只是因为他喜欢巴尔吉顿夫人，安古莲所有的比较特色的唯一的女人，他用游手好闲的态度来逢迎她，他已经变成了她的疯狂的爱人。他不久就要占据她，他是被她所爱的人，一切都对他预言这结果。这位骄傲的王后的投降就是他从这些愚笨的乡下绅士中所得到的惟一的报仇。

查特利是以一碰面就可以一刀杀死情敌的人的姿态来表白他的情绪的。这只老皇家花蝴蝶就用整个的重量压在可怜的诗人的身上，想要用他的重要来毁碎他，使他骇怕。叙述他那夸大的旅行的危险，他不禁觉得自己伟大了起来；但是，如果他压制了诗人的幻想的话，他却吓不倒有了爱情的人。

自从这个夜晚之后，管不得这位老妄人，顾不得他的威吓，他那中产阶级的斗士的神气，鲁先总要到巴尔吉顿夫人的家里来，最初是以湖姆人的谨慎来的，后来他就熟识了那些似乎对他有恩情的事物渐渐的常来看她了。从这社会之中的人看来，药师的儿子只是一个没有价值的物类。起头的时候，如果有几位来看纳斯的绅士和贵妇碰着鲁先，他们都是用对待下人的厌人的礼貌来对待他。鲁先最初觉得这个社会怪有意思；但是，后来，他就认识这虚伪的尊敬所由来的情意。他不久就惊异的看到一些保护者的神气，他就动了恨心，确定了他那共和党人的仇怨的意念，这些意念就是许多未来的贵族后裔对于高等社会所开始有的仇恨。但是，为着纳斯，他忍受了多少的苦痛啊！纳斯是他听见人家呼唤巴尔吉顿夫人的名字的，因为在他们之中，家族的亲切的人，无论是男是女，都和西班牙的贵族跟维也纳的大家庭一样的彼此以小名相呼唤，这是特别发明来分别安古莲的贵族社会的一个最后的小异点。

鲁先爱慕纳斯就像一切的青年人爱慕第一个恭维他的女人一

般，因为纳斯给鲁先预兆了一个伟大的前途，一个无穷的光荣。巴尔吉顿夫人用了她的一切的技巧来把她的诗人安置在家里：她不但过度的夸张他，同时又把他当做需要她安置的穷苦的儿童来看待；她又把他渐渐的缩小，因而能够保住他；她叫他来当她的读者，她的秘书；但是她却比她所想象的，在她的大不幸之后所能恋爱的还要爱他。她心里非常剧烈的责备自己，想到爱恋这个地位上已经和她距离得这样远的二十岁的青年实在是一种疯狂。她对鲁先的狎昵就被狐疑所给她灵感的骄傲给打消了。一忽儿显得自大，显得是鲁先的保护人，一忽儿又显得温柔，谀媚。鲁先最初被这位妇人的地位的崇高所惊惧，他有一切的恐怖，一切的希望，一切打击初恋而用甘苦无常的拳头把他放在心坎的最前部的忧虑。两个月之中，他都觉得她和母亲一样的看顾他，她是他的恩人。然而亲密的友谊开始了。巴尔吉顿夫人管她的诗人叫做“亲爱的鲁先，”后来却干干脆脆的叫他“亲爱的。”这位诗人胆子大了，也就叫这贵妇为“纳斯”了。当她听见他叫她这个名字的时候，她就对他发了一个可以吓坏小孩子的嗔怒；她责备他不应该用一切的人所用的名字来呼唤她。这位骄傲而高贵的纳格礼柏里斯就给这位美丽的天使一个新的名字，她要他叫她做路易丝。鲁先已经走到恋爱的第三层天上去了。一天晚上，鲁先进来的时候路易丝正在赏玩一张肖像，她马上把这肖像紧紧的抱着。鲁先要看这肖像。为着平静这嫉妒的第一个阶段的失望起见，路易丝就把这年青的甘德—古瓦的相片拿给他看，又带泪的告诉他前时她所有的这样纯洁而又多磨的爱情的哀史。她到底是想对这位已死的情人做些不忠实的事呢，还是故意的把鲁先做成这个肖像的情敌呢？鲁先年纪太轻，他不能够分析他的情妇；他很天真的失望了，因为她引起了一个战役，是女人们要人家把巧妙强化的狐疑打成粉碎的。她们对于责任的问题，礼仪的问题，宗教的问题所加的谈论都是她们乐得看人冲碰的铁壁。天真的鲁先并不需要这些撒娇；他就自然而然的打起仗来。

“我不会死，我，我要为着您而活着，”一天晚上鲁先勇敢的说，给路易丝投去一道充满热情的眼光，他要跟甘德—古瓦决斗。

她很恐惧这新爱情这样快的在她和她的诗人心中进展着，她请求他在她的纪念册的第一页上给她写下一首诗，目的要等他写得太慢找题目来跟他捣乱。当她念到自己觉得比贵族诗人卡拿里的最美的诗句还要美丽的这两句诗的时候，她是变成什么样子的呢？

巫蛊的笔尖，虚假的爵香
总不能够用我的轻叶来点缀上
这忠实的白纸；
我那美丽的情人的秘密的铅笔
常常默示她那快愉的隐蔽
或是我的幽悲。
啊！当她那沉重的指尖指着我的纸素
问着支持将来的丰富的命数
到底有什么理由时，
那末，爱神就希望由这美丽的旅行中，
丰沃的回思
能够让人甜蜜的欣赏，好像没有云霞的天空！

“真的是我口授给您这两句诗吗？”她说。

这位喜欢舞弄情欲的女人所娇媚发出的疑问使鲁先的眼睛流出一点清泪；她第一次在他的额头上接了一个吻，安慰他。鲁先确是她所要培植的一个伟人；她想教他意大利文和德意志语，想要教他学习礼仪；她就在这一点上找到当着讨厌的侍臣面前留他在家里的口实。她的生命是多么有兴趣的啊！她又重新为着她的诗人而戏弄音乐，她给他启示音乐的世界，给他演奏几段贝多芬的乐曲，使他高兴；她太快乐了，当她看见他半醉半绝的时候，她就假仁假义的对他说：

“您不能够为这幸福而自满吗？”

可怜的诗人傻傻的答应说：

“是的。”

总之，事情是弄到这个田地，甚至于路易丝在前一星期还请了鲁先在家里吃饭，况且还有巴尔吉顿先生作陪哩。虽然有谨慎的防范，全城人却都知道这事实，并且认为是过火的举动，大家都彼此询问到底是不是确有其事。这是一个可怕的流言。在许多人看来，社会似乎是在颠覆的前夜。其他的人就叫着说

“好，这就是自由主义的结果！”

嫉妒的查特利爵士就听说看护产妇的查尔罗特夫人就是查尔登夫人，就是“湖姆的沙都勃里昂”的母亲，正如他所说的。这句注明也就变成了典故。商都尔爵士夫人就是第一个跑来告诉巴尔吉顿夫人的。

“亲爱的纳斯，您知道全安古莲人都在谈论的事吗？”她对她说：“这位小歪诗人的母亲就是查尔罗特夫人，她给我那位生孩子的嫂嫂看护了两个月。”

“亲爱的，”巴尔吉顿夫人用一种非常骄贵的神气说，“这有什么希奇的呢？她不是一位已故的药师的遗妇吗？多可怜的命运，这位吕崩柏礼家的小姐！您想一想：如果我们也是家无担石……我们要怎么生活呢，我们？我们要用什么方法养育我们的儿女呢？”

巴尔古顿夫人的冷静消杀了贵族的哀愁。“有伟大灵魂的人总

会给不幸的人做好事。”并且，在坚持着要做人家所责骂的好事当中，总有许多不可征服的意向：纯洁无罪总是罪恶的刺针。夜会的时候，巴尔吉顿夫人的客厅满充着她的朋友，大家都来给她劝谏。她施展着她那苛刻的精神。她说：如果绅士们自己不能够当莫利哀，当拉心，当庐梭，当福尔泰尔，当马锡扬，当鲍马赤，当迪德罗的话，他们应当接待有变成伟大人物的儿子的地毡织工，钟表匠，刀商。她说天才总是绅士。她苛责这些乡下绅士，说是不大了解他们的真正的兴味。最后，她又说了许多傻话，可以清醒比较不幼稚的人，然而却能够表现出她的怪癖的光辉。所以，她是用大炮来轰击这风波的。当鲁先奉她的命走进大家在四张牌桌上打魏斯特牌的老客厅来的时候，她非常殷勤的欢迎他，用叫人服从的王后的风度介绍他。她就简单的叫间接税务局局长做“查特利先生”，使他懂得她知道他那爵士的贵族衔是非法而多余的，使他惊愕。从这一夜起，鲁先就被她用强硬的手段介绍到她的会社里来了；但是大家都把他当做洪水猛兽来对待，大家都用无礼的反应来排斥他。在这一方面，纳斯虽然是胜利了，她却失掉了她的权威：它们之中有几位叛逆，想要移殖到别的地方去。在查特利先生的劝告之下，阿美利（即商都尔夫人）决定另筑起盟坛来反抗这坛坫，每星期三在她家里接待宾客。巴尔吉顿夫人每晚开放客厅，到她家里来的人士都是这样循守旧规的，都是这样惯于坐在同样的地毡前面，惯于戏斗同样的骰子戏，惯于见见人，看看烛火，惯于在同样的走廊中穿上他们的外衣，他们的双层鞋，藏上他们的帽子的；他们爱惜这房子的扶梯甚至于跟爱惜这房子的主妇一样。勃礼比恩·阿历山大曾经说过：“一切都忍耐着去服从圣林中的金莺。”这又是一句典故。最后，农学会会长，就用一句庄严的话语来镇平这叛乱。

“在大革命之前，”他说，“最大的贵族还接待过杜克罗，格林姆，古里柏扬，一切和这湖姆的小诗人一样的穷士，但是他们却不接纳税吏，总之，像查特利这样的人。”

查特利爵士算是还了查尔登的债了，一切的人都用冷淡的态度来看他。自从她只叫他做查特利的时刻起，这位税务局局长自己总认为要占据巴尔吉顿夫人；这时候，他正好出现在公馆的主妇眼中，他觉得自已被人攻击，就反面支持年青的诗人，自称为是他的朋友。这位皇帝所胡乱教养的大外交家就逢迎着鲁先，认鲁先做朋友。为着拉诗人下水起见，他就请鲁先去宴会，其中的客人有州长，有税务总局局长，有驻屯军上校，有海军学校校长，有法院院长，还有其他一切的政界要员。可怜的诗人大受庆贺。任何其他二十二岁的年青人都会激烈的狐疑，怕人家是用神秘的赞扬来毁骂他。吃饭后点心的时候，查特利请求他的情敌背诵当时的流行歌《临死的浪子》。听了这段歌，冷淡成性的中学校长都鼓着手掌，说是卢梭也背不了比这个更好的。查特利男爵心里想：这小歪诗人迟早总要倒毙在维恭的暖室里，或者醉毙在早熟的光荣中；他也许会因此而做些无礼的举动，因而坠在初步的黑暗里。等待着这位天才的死亡，他在巴尔吉顿夫人脚前似乎是灭杀了野心似的；但是他却用着狡猾的手段来停顿他的计划，用战略上的注意力来察视两个情人的步伐，探伺着毁灭鲁先的机会。自此之后，他就在安古莲和城郊一带散放谣言，说是在安古莲人之中出有一个伟人。大体上，他称赞巴尔吉顿夫人给这位年青的鹰鸟所加的爱护。巴尔吉顿夫人的行为一旦被人赞同，她就希望有一个一般的制裁。她在全省之中布告了一个冷食，和茶食的夜会。这在这座还把茶当做帮助消化的药品在药房出售的城市里的确是一个新鲜的举动。贵族阶级的精华都被请来倾听鲁先念读一篇伟大的著作。路易丝瞒着她的朋友那些经过她的克服的困难，但是她却轻描淡写的给他说几句社会人士对他所有的阴谋，因为她不愿意他不知道天才们所应当经历的事业上的危险和一般没有大勇气的人所不能够冲破的阻碍。她给他传授这种胜利的教言。她用那洁白的手指指示他那不断的苦痛所换来的光荣，她跟他谈到他所应当经历的殉道人的火刑场，她给他在她那最美丽的面包片上搽上黄油，用她那最华艳的词藻来修饰。这是可以使《高林娜》这篇小说减色的虚构的信口雌黄。路易丝自己觉得她的口才是这样的流利，她甚至于更爱慕给她灵感这口才的边查民，她劝他大胆的放弃他的父亲的姓氏，改用贵族的吕崩柏礼的家姓，不必考虑这必须经过国王的允许的改姓所引起的吵闹。因为跟一位内宫贵臣布拉孟—楚夫利的小姐埃斯巴尔侯爵夫人有亲戚的关系，她就答应由自己负责来取得这个改姓权。这些字眼，又是国王，又是埃斯巴尔侯爵夫人，又是内宫，让鲁先听着简直是放花炮似的，他也就同意这种用贵姓来洗礼的必要了。

“亲爱的小乖乖，”她用一种温柔的嘲笑的腔调对他说，“这桩事越早办成，人家也就越快来断判您。”

她就给他一层层的揭开了社会的阶级，给这位诗人计算这聪明的决定所能够给他一下子穿过的层数。一会儿工夫，她使鲁先放弃了一七九三年所规定的虚无飘渺的平等的平民思想，她给他引起了大卫的冷静理性所分别的阶级的渴望，她指示他只有高层的社会才是他所应当保持的舞台。富有恨心的自由主义者暗地里就变成了君主主义者了。鲁先尝到贵族的荣华的味道了。他发誓要给他的贵妇带花冠来放在她的脚边，如果她流血的话。他要不顾一切代价不惜牺牲性命的来战取她。为着证明他的勇敢起见，他就给她叙述了他的眼前的苦痛，这些苦痛因为受着初恋的不可名状的贞洁的劝告，一直没有告诉过路易丝。贞洁的情绪禁止年青人去夸张他的伟大，要他在不知不觉之中让人来欣赏他的灵魂。他给她描绘骄傲所支持的苦境，他在大卫印刷所中的工作，他那花费在研究之中的夜晚的时光。这位热情的青年使巴尔吉顿夫人记起了她那二十六岁的上校，她的眼色衰萎了。鲁先看见他那权威的情妇软了下来，就握着她让他拉的手，用诗人，年青人，情人的兴奋吻着她。路易丝甚至于让这位药师的儿子吻到她的额头，让他在那里留下跳悸的嘴唇的痕迹。

“孩子！孩子！如果人家看见我们的话，人家一定要大笑话我。”她说着从昏迷中醒了过来。

在这一夜之中巴尔吉顿夫人的精神就在她所谓的鲁先的成见之中受到了许多的蹂躏。据她说，天才的人没有兄弟，没有姐妹，没有父亲，没有母亲；他们所要建立的大工程给他们强制的放上了表面的自我主义，逼着他们为伟大的成功而牺牲一切。如果最初的时候，家庭得忍受伟大的脑袋所见到的过度的催索的话，后来这家庭总可以从分享胜利的结果中收回一百倍逆忤的王国最初的奋斗所需要的各种牺牲的报酬。天才只能够自己启发，他是唯一判断他的手段的人，因为只有他一个人才知道他的终极目的：所以，他应当把自己安放在一切的法律之上，我们得记住他是要重新改造这些法律的；并且，能够占领时代的人就能够抓住一切，冒一切的险，因为一切都是属于他的。她引说了巴里西路易十一，福克斯，拿破仑，哥仑布，凯撒，一切有名的冒险家的开端的生活；这些人最初都是负债垒垒或穷苦不堪的，都是人家所不了解而把他们当做疯子，当做不肖子，坏父亲，混帐兄弟看待的，然而后来都变成了家庭的骄傲，国家的荣耀，世界的光辉。这些道理填满了鲁先的秘密的劣性，促进了他的心田的腐化；因为在他那炽热的情欲中，他就预先假定可以不择手段。但是不成功是社会的大逆之罪。一个被克服的人难道没有杀害一切社会所依赖的中产阶级的德性，而这社会又正是狠命的驱逐坐在他们的墟废之前的失败者吗？不知道分别囚犯的丑行和天才的凯旋的鲁先就在西奈山上培养了一些先知然而却没有看到底下的死海，这哥摩尔里城的卷尸布。

路易丝是这样的给她的诗人剪开了外省生活所给他的心灵包裹下的襁褓，使鲁先甚至于都想要用巴尔吉顿夫人来下手尝试，看看他是否能够不感觉任何被拒绝的耻辱来克服这高贵的饵物。巴尔吉顿所召开的夜会就是一个尝试的机会。野心渗杂着他的爱情，他爱恋，同时也要提高自己的地位；这是那些有一颗等待满足的心和一个可以奋斗的智慧的青年人所有的两个自然的欲望。今天，在邀请一切的儿童来出席同一的宴会时，社会就在生活的开始的时刻给他们唤起了他们的野心。社会废除了青春的天真，大部分的劣化了他们的仁慈的情绪，渗进了许多的计算。诗意要他做成另外一个人，但是事实却常常来毁灭他所要相信的幻像使他不能够用十九世纪以外的方式来表现他的青春。鲁先的计算在他自己看来似乎是为一个良善的情绪而发的，是对大卫的友谊而生的。

鲁先给他的路易丝写了一封长信，因为他觉得他的笔比他的嘴更为大胆。在抄过三遍的十二张信纸之中，他叙述了他的父亲的天资，他那失去了的希望，他所受的可怕的穷困的境况，他把他的姐姐描绘得和一位天使似的，把大卫认为是将来的居维尔，认为在大卫没有成为大人物之前，大卫简直就是他的一个父亲，一个哥哥，一个朋友；他觉得假使他没有要求她用对待他自己的方式来对待大卫的话，他就不应当是路易丝的爱人，不应当有这第一个光荣。他宁可放弃一切，却不能够出卖施且尔·大卫；他希望大卫帮助他成功。他是写了那些年青人说要用手枪来对付拒绝，倾泻着儿童的决疑主义的话语，说着优美的灵魂所说的无稽的逻辑，点缀着作者不自知而发自心中的幼稚的宣言的甘甜的语词，然而却是女人们所特别喜欢的一封信。当他把这封信交给女仆之后，他就回来过了一天，校对稿件，指挥一些工作，整理一些印刷所的琐事，一点儿也没有告诉大卫。心田还很幼稚的时日，年青人是有这些特别的谨慎的。并且，也许鲁先已经开始畏惧大卫所使用的福西恩斧子；也许他害怕大卫一眼看透他的灵魂的深处。自从那一次念读陈匿埃的诗集之后，他的秘密就从他的心里跑到他的嘴唇上面来了，他也得到了一个责备，好像医生的指头按在伤痕之上似的。

现在，请你们概括一下当鲁先从安古莲走下湖姆的时候有多少的思想攻击他。这位贵妇要生气吗？她要在她家里接待大卫吗？这位志士会不会在湖姆焦急而投进他的穴洞呢？虽然在接吻路易丝的额头之前鲁先知道测量王后和她的宠臣之间的距离，他却没有想到大卫不能够在瞬息之间走过他在五个月中所经历的空隙。他一点儿也不懂得人家给小人物所宣判的十年徒刑是如何的绝决和严厉，他也没有知道再来一次类似的企图会使他丢失巴尔吉顿夫人。要是跟下等人结交，路易丝就非得离开这城市不可，因为城中同阶级的人士要躲着她，就跟中世纪人躲开麻疯病者一样。纳斯要是做出一桩错事，家族和教团本身都要禁止她，不许她联络任何的人或反对任何的人；况且，引见下流社会的罪状也要使她永远不得翻身；因为，如果人家可以在她还有权力的时候责骂她，当她退位的时候，人们也就可以判决她的罪状了。好接待大卫，这不就是退位吗？鲁先没有想到这一方面的问题，这是因为他的贵族天性使他想到许多其他恐吓他的困难。情绪的贵族性并不是非产生举止的贵族性不可的。如果拉心有最高贵的侍臣的神气的话，高尔乃尔却非常像一位贩牛的商人。笛卡儿有一位良善的荷兰商人的品貌。当游历布礼德的人遇见孟德斯鸠肩上负着耙子，头上带着睡帽的时候，他们往往会把他看做乡下的园丁。没有贵族的身世的话，社会的习惯，跟乳汁同来的科学或由血统遗传的科学就结成了一种教育；这教育是由命运用外表的雅致，面纹的特点和声音的色调来辅助的。这一切的伟大的元素都是大卫所没有的，然而他的朋友却是生来就有的。母亲的血统使他变成一位绅士，所以，鲁先自头至脚都有佛兰克人的曲线，然而大卫却有魏尔慈种的扁足和他那当印刷工人的父亲的外貌。鲁先听见雨一般落在大卫身上的冷笑，他仿佛看见巴尔吉顿夫人在抑制她的微笑。最后，对于他的兄弟的确没有什么耻辱，他就决定不再听从她的第一个动作，等到将来再跟她讨论这问题。所以，在诗意和忠爱，在这一次的念读刚给这两位朋友指出新生的太阳照耀的文学的园地的时刻之后，政治和计算的时刻就临到鲁先的身上来了。回到湖姆的时候，他很懊悔他的信，很想再写一封；因为他已经从一个隔离里看到了冷酷的社会的律则。在猜想已得的幸运能够如何的促进他的野心，结果他是收回了他那放在第一个可以使他登上高层的级棍上的脚了。然后他就想到他那装饰有最强烈的情感的简单而安静的生活；他就想到这位这样救济他，给他生活的必需的天才大卫；他就想到他那地位低贱而德行高越的母亲，他那相信他是和他的精神一样好的母亲；他就想到这样谦让而温雅，童年洁净而良心还很清白的姐姐；他就想到任何严冬都不能够使其去叶的他的希望，一切的一切都重现在他的记忆之中。于是，他就对自己说冲出贵族或中产阶级的重围而得到成功要比因为一位女人的恩爱而得到成功更为美妙。他的天才迟早总要发扬，和许多曾经制驭过社会的先贤一样；那时侯女人们就都要爱他了！十九世纪这样定命以野心来激动一般中才的拿破仑的模样就出现在这位把计算抛在空中而咒骂他的鲁先的心上。鲁先就是这么生成的人，他从坏走到好，从好走到坏，都是一样便捷的。他并没有退休的学者所有的情爱，一月来却羞愧的看着药铺的绿墙上所写的黄色的字眼：查尔登接承人步斯特尔药房。

这样写在一切车辆通行的地方的他的父亲的名字就伤痛了他的眼睛。晚上，当他穿进极不美观的小棍的栏杆所修饰的房门，想要在博刘因为给巴尔吉顿夫人伸出过手臂让人知道他是高城许多最漂亮的年青人之中的一个的时候，他很奇怪的叹息着他所认识的这种住处和他的幸运之间的冲突。

“爱巴尔吉顿夫人，也许不久就占据了她，然而却居住在这个老鼠洞里！”他一面对自己说，一面遛过院里的小径，在这院子里有许多煎煮过的草料一包一包的堆在墙边，学徒在浚渫试验室的小斧，步斯特尔先生束清一条助手所用的蔽膝布，手中提着一个蒸溜器，一边研究一种化学的产品，一边却整个的一眼投射在他的药铺上面，不过，如果他太用心注视他的药品的话，他的耳朵却在听着门铃的响声。

加密列草，薄荷草和其他许多蒸溜过的草料的味道填满着庭院和这简陋的房子。人们是从所谓磨坊的笔直的扶梯走上这房子的，这扶梯除了两条绳子之外就没有其他的栏杆。上面就是鲁先所住的唯一的屋顶房。

“您好，孩子，”步斯特尔先生说，他是外省的典型的店铺伙计。“您是不是平凡的人呢？我，我刚做过一个试验，试验糁渣，但是得有您的父亲来发现我所寻找的东西。他是一位名人，他！如果我知道他治风痛的秘密的话，我们今天两个人就可以自己备马车去玩去了！”

没有一个星期这位又好又傻的药铺主人不是给鲁先一个拳击才算是过去的，他总给鲁先谈到鲁先的父亲严守发明的秘密的不幸。

“这真是一个大不幸，”鲁先简单的问答，在步斯特尔常常祝福他之后（这位忠厚人救济了不只一次这位老寡妇和她的儿女），他却开始觉得他父亲的高足是离奇的庸俗了。

“您怎么啦?”步斯特尔先生问着他，把试验器放在试验桌上。

“有我的信吗?”

“有，有一封和香料一样香的信！在我的写字台旁边的账柜上。”

巴尔吉顿夫人的信就和药房的药瓶堆在一起！鲁先抢着跑进了铺子里。

“快一点儿，鲁先！您的晚饭已经做好等您一个钟头啦，快要凉啦，”从半掩的窗口透来一声温和而幽雅的声音，然而鲁先却没有听见。

“他有神经病，您的弟弟，小姐，”步斯特尔耸着鼻子说。

这位单身汉很像一个画家的幻像要在上面画出一个带有天花麻斑的大红脸的小号酒精桶，他用一种庄严的可爱的神气来瞧爱薇，证明他在想着要娶他的老师的女儿而不能够结束他心中所有的爱情和利益的争斗。所以他常常笑着对鲁先说当这位年青人走近他的时候他所常说的一句话。

“她太美丽了，您的姐姐！您也不坏！您的父亲所做的事情没有不好的。”

爱薇是一位身材高大的棕色的女郎，她的头发是黑的，她的眼睛是蓝的。虽然她有男性的外观，然而她却是甜蜜的，温存的，忠实的。她的诚实，她的天真，她那勤紧而安贫的生活，她那任何诽谤都不能够攻击的贤慧会引起施且尔·大卫的爱慕。所以，在初次的会面之后，在他们之间就动起了一种轻微而单纯的感情，和德国人一样，没有任何喧哗的宣言，也没有什么殷勤的通告。大家都秘密的想念对方，好像被这种情绪所要攻击的妒嫉的丈夫给隔开似的。他们两个人都瞒着鲁先，也许他们都相信对于鲁先有歉意。大卫只怕不能够使爱薇欢心，爱薇也因为自己的贫穷而觉得胆怯。一位真正的工人的女儿才有胆量，然而一个受过良好教育而落魄的孩子却符合于她那悲惨的命运。表面上是谦逊的，骨子里是骄傲的，爱薇不愿意追逐一个已经变成富人的儿子。这时候，因为产业价值的高涨，人们估计马尔萨克的地产可以值得八万佛郎以上，还没有计算年老的理财家，等着好收成，善于售卖的老施且尔能够等侯机会而购到的土地。大约只有大卫一个人不知道他的父亲的财富。在他看来马尔萨克不过是一八一〇年用一万五六千佛郎买到的一块瘠地，他每年不过是在收成葡萄的时节到那里去一趟，等着他的父亲给他带到葡萄林园去散步，给他吹嘘他从来没有看见过而一点儿也不在意的收成罢了。一位惯于孤独生活而于困难之中增长情感的学者的爱情是要加以鼓励的；因为在大卫看来，爱薇是比一位低级的书记心目中的贵妇还要伟大。在他的偶像身边大大的局促不安，来时和去时都是一样的匆忙，这位印刷业者把他的情感隐蔽着，不把他发泄出来。常常在夜晚的时刻，捏造了许多要请教鲁先的口实之后，他就从桑林场经过巴勒门，走下湖姆去；但是当他到达了这只有铁栏杆的绿门时，他又跑走了，只怕来得太晚或是让爱薇讨厌，因为毫无问题的爱薇已经睡下了。虽然这强烈的爱情只是在小小的事物上表现出来，然而爱薇却懂得很清楚；她并没有骄傲的自负能够观察印在大卫眼中，印在大卫语里，印在大卫举止里边的事物的深底；但是这位印刷业者的最大的诱惑物就是他对于鲁先的信托：他猜透了这是取悦爱薇的最好的方法。为着解说这种爱情的沉默的甘味和骚乱的感情有什么不同起见，我们应当比较一下田园的野花和花床上的艳花。这是浮在水面的青莲一样温存而优雅的眼光，这是野蔷薇的清香一样简单的表情，这是苔草的绒毛一样柔和的幽愁：生在肥沃的不变的土地上的两朵美丽的灵魂的花。爱薇已经好几次猜透了隐在这柔弱底下的强力；她在大卫所不敢弹动的事情中这样的注意着，甚至于只有一个最轻微的偶发就可以引起两个灵魂的亲切的结合。

鲁先找到了爱薇给他开的门，他一句话也不说的坐在一张安置在叉形桌架上面的小桌子旁边，桌上并没有台布，只有他的刀叉之类的食具。这穷困的家庭一共只有三副银制的食具，爱薇都把他们拿来给她那亲爱的弟弟用。

“你念什么？”当她在桌上放了她从火上取来的一盘菜之后，当她用消炭箱盖住活动的炉灶而熄灭了火之后，她就这样说。

鲁先并不回答。爱薇拿了一个用葡萄叶精巧点缀的小盘子，把他和一个满盛奶油的大碗一同放在桌子上。

“瞧，鲁先，我给你预备了一些杨梅。”

鲁先太用心读他的信，他一点儿也没有听见。于是，爱薇就走来坐在他的身边，一声怨语也没有，因为在一个为弟弟而有的姐姐的情感里，没有礼貌的待遇倒有庞大的快乐。

“可是，你有什么事情啦？”她看见在她弟弟的眼眶里有几颗泪珠在发亮，就叫了起来说。

“没有什么，没有什么，爱薇，”他说着，抱住她的腰，拉她靠着他，用惊人的兴奋吻着她的额头，她的头发，又吻着她的颈项。

“你瞒着我吗？”

“说了罢，她爱我！”

“我就知道你并不是在接吻我。”可怜的姐姐，涨红着脸，用赌气的声调说。

“我们大家都要变成幸福的，”鲁先一边叫着说，一边一大匙一大匙的吞饮肉汤。

“我们？”爱薇重复的说。

想到大卫所有的同样的预测，她又加上一句说：

“你就要变得没有那么爱我们了！”

"如果你认识我，你怎么能够相信这个呢?"

爱薇给他伸过手，压住他的手；然后她就撤去了空盘，棕色泥所制的肉汤锅，端进她所烧好的一盘菜。鲁先并不吃菜，他却重新念着巴尔吉顿夫人的信，谨慎的爱薇并没有要求让她看信，因为她对于她的弟弟有极大的尊敬：如果他要让她看的话，她应当等着；如果他不愿意的话，她能够强迫他吗？于是，她就等着。下面就是这封信的内容：

我的朋友，我为什么要拒绝给您的同学兄我所给过您的帮忙呢？在我的眼里，一切的才士都应当有同样的权利；但是您不知道我的社会的人士所有的偏见。我们不能够使那些无知的贵族承认精神上的高贵化。如果我的力量不足以给他们强制的介绍施且尔·大卫先生的话，我就要自愿的为您而牺牲这些可怜的人。这要变成和古代的大献祭一样。但是，亲爱的朋友，您一定不会要我接待一个没有能够使我喜欢的精神和举止的人。您的吹嘘使我知道友谊多么容易变成盲目的！如果我在我的许诺之中加上一些限制，您愿意吗？我要见见您的朋友，要判断他，要为着您的前途而由我自己来看看到底您是不是自误了。这不就是应当为您而有的母爱的保护的一种吗，我的亲爱的诗人？

纳格礼柏里斯·路易丝

鲁先一点儿也不知道上等社会是用什么把戏可以由"是"走到"否，"由"否"走到"是。"在他看来，这封信是一个胜利。大卫可以跑到巴尔吉顿夫人家里去了，可以在那里表现他的天才的光彩了。因为这胜利使他以为他有在人之上的力量，鲁先就在昏醉的状态里取了这样非常自傲的态度，他的睑上也就反射着希望的光芒，甚至于他的姐姐也忍不住不给他说一声好。

“如果她聪明的话，她应当爱你，这位女人！那末，今天晚上她一定要悲哀，因为一切的女人都要给你献出成千的媚态。当你念读你的巴特摩斯岛上的圣约翰的时候，你一定是很美的。我希望我能够变成一个小老鼠到那儿去遛一下！来，我已经在我们母亲的屋子里给你预备好你的服装了。”

这间屋子是一位悲惨的端正的女人的屋子。那里有一张胡桃木制成的卧床，盖有白色的帷帐，床前铺着一张绿色的薄地毡。又有一个衣橱，上部是木头的，装有一面镜子，还有几张胡桃木的椅子就算是凑全了家具。壁炉上面的一架挂钟使人回想到失去了的前时的宽裕的日子。窗户有白布的窗帘。墙上铺着画有灰色花朵的灰色纸。由爱薇给加上颜色，给涂擦的窗上玻璃片发出洁净的光彩。在屋子的中央有一张独脚圆桌，上面一个饰有金色玫瑰花纹的红盘子上有李莫慈地方所出的三个磁杯和一个磁糖罐。爱薇就睡在相连的一间小室里，那里有一张小床，一张老靠背椅子，一张靠近窗口的工作桌。这间类似船舱的小室的狭小使装玻璃的房门不得不永远的开着，让空气流通进来。虽然一切的东西都表现着穷窘的样子，但是在那里却呼吸着一种勤学生活的素扑的空气。在那些认识这位母亲和她的两位儿女的人看来，一个景象是会表现出一个动人的调和的。

当大卫的脚声在小院子里响动的时候，鲁先正在打结他的领带，这位印刷业者也月急促到来的步伐和姿态马上出现了。

“好啦，大卫，”这位野心家叫着说，“我们胜利了！她爱我！你可以去了。”

“不，”这位印刷业者用杂乱的神色说，“我来感谢你这种使我产生许多考虑的友谊的证明。鲁先，我的生命是停止了。我是施且尔·大卫，安古莲的国王的印刷家，我的名字贴在一切的墙上，通告单的下面。在这阶级的人看来，我是一位工匠，一位商人，如果你要这样说的话，然而却是一个在博刘街桑林场的角落上建有一间店铺的工业家。我还没有客礼那样的财富，也没有德斯布兰那样的名声，我没有贵族们还在否认的这两种力量，但是我却和他们在这一点上同意，就是认为这两种力量如果没有世故人情的学识和绅士的风度的话就等于零。我凭什么可以合法的承认这突如其来的升格？我自己要弄得让中产阶级和贵族阶级来嘲笑。你，你的环境是不同的。一位经理并不受任何的束缚。你是为着得到成功的不可缺乏的知识而工作的，你可以用你的前途来解释目前的职业。并且，明天你还可以干别的事，你可以研究法律，研究外交，到行政机关去当差去。总之，你并没有登过记，也没有就过职。你应当利用你的社会的童贞一直的走着，伸出你的手，放在光荣的上面！你应当享受一切的欢乐，甚至于那些虚荣所得到的。你应当高高兴兴的，我也要为你的成功而快乐，你要变成我的第二身。是的，我的思想允许我生活在你的生活之中。属于你的是庆祝，是世界上的荣华和他的计谋的机关。属于我的是质朴的生活，是商人的试验和科学的迟慢的工作。你要变成我们的王公，”他说着，瞧了爱薇一眼。“当你管理国政的时候，你可以找到我的手在支持着你。如果你埋怨有人出卖你的话，你可以躲避在我们的心坎里头，你可以在这里找到一个不变的爱情。如果我们来瓜分人们的保护、宠爱和善意的话，这些东西都会减半，而我们两个人也都要自毁；你就先走罢，如果必要的话，你也可以拖曳我。我一点儿也不羡慕你，妒嫉你，反之，我要为你而献身。你刚刚替我做的这桩事结果是要使你失去你的女恩人，也许是你的情妇，而不是要使你抛弃我，否认我，这件简单的事情是非常重要的，好，鲁先，这件事要把我永远的和你结联在一起，如果我们不是已经好得和两位兄弟一样的话。不要懊悔，也不要忧虑这似乎是最坚强的决心。这种英国孟特哥麦利式的分派最合于我的脾胃。总之，如果你给我产生一些苦恼的话，谁知道我是不是要永远变成受你的恩惠的人呢?”

在说这些话的时候，他就对着爱薇流盼着他那最为懦怯的眼光。爱薇的双眼满充着眼泪，因为她猜透一切。

“事实上，”他对惊愕了的鲁先说，“你是生来好命的，你有一个优美的身材，你衣服穿得好，你在你那带有黄色钮子的蓝色上衣和那南京紫花布的简朴的裤子中有一种绅士的气派；我呢，在这社会里，人家要看我有一种工人的神气，要看我是愚笨的，蹩脚的，要看我所说的都是傻话或是等于没有说：你，为着适应姓名的偏见起见，你可以改换你母亲的姓，称为吕崩柏礼·鲁先；我呢，我却永远是施且尔·大卫。在你将要进去的这个社会之中，一切都可以服伺你，然而一切却都要妨害我。你是生来到那里去成功的。女人们要崇拜你那天使一般的脸孔。爱薇，你说对不对?”

鲁先跳起来，抱住大卫的颈项，吻着他。这种谦逊的态度一下子就切断了许多的猜忌，许多的困难。他怎么能够不对这位为友谊而有和他为野心而有的同样的思考增加他的温情呢？野心家和多情人都感觉到平坦的道路，青春的心田和友情的心田都开了花了。这是人生所少有的时刻，在这时刻之中一切的力量都是温和的展开着，一切的绳弦都是震动着，发出丰满的声音。但是这种美丽的灵魂的贤慧却使鲁先要更觉有让全人类整个的附属于他的趋向。我们说整个的（多少是整个的），就好像路易十四所说的一样：“朕即国家!”他的母亲和他的姐姐的格外的温存，大卫的忠实，看着这三位人物的秘密的努力的目标的习惯，这使他养成了家族的娇儿的劣性，给他产生了吞灭贵族的自我主义，是巴尔吉顿夫人在激动他忘记他对母亲，姐姐和大卫所应尽的责任之中所鼓吹的。他还是一个毫无所有的人；但是，当他在他身边伸展他的野心圈时，他难道不是应当提防，只想到他，而强留在那里吗？

这个感动过去了之后，大卫就告诉鲁先说他的诗稿《巴特摩斯岛上的圣约翰》在这不大熟识《启示录》的社会前面宣读恐怕太带有《圣经》的味道。要在全查兰特最难对付的听众面前出风头的鲁先未免觉得不安。大卫劝他带一本陈匿埃·安德利的诗集去，用一个靠得住的快乐去代替靠不住的快乐。鲁先念得非常的完全，他一定能够使人喜欢，给人家显示可以使他得到好处的谦逊。正如大部分的年青人一样，他们都要给社会显示他们的智慧和他们的品行。如果还没有失败的年青人对于别人的错误是宽恕的话，他也同样的对于别人有极大的信仰。事实上在认识拉发埃尔所说的“了解就是使之平等”之先，必得好好的体验人生。一般的说，了解诗意的必要的感觉在法兰西是不多有的，因为在法兰西精神马上就要吸干坐忘的神圣的泪泉，没有一个人愿意费力去解说最高深的疑难，去测量，去看出他的无穷。鲁先要对人世的无知和冷淡去实行第一次的实验！他到大卫店里去拿那本诗集。

两位情人单独留下的时候，大卫觉得他比有生以来任何的时刻都更为窘迫。他有成千的恐惧，他要说几句赞颂的话，然而却又怕说；他想逃走，因为贞洁也有他的撒娇！这位可怜的情人不敢说出任何似乎要请求人家致谢的话语；他觉得一切的话语都是招祸的，就一语不发的保守着罪犯一般的态度。爱薇猜出这种谦让的态度的苦楚，她却乐于享受这种寂寞；但是当大卫绞转他的帽子想要出去的时候，她却微微的笑起来了。

“大卫先生，”她对他说，“如果您不到巴尔吉顿夫人家里去过夜会的话，我们可以一块儿过夜会。今天天气好，您要不要我们大家到查兰特河岸去散散步呢？我们可以谈一谈鲁先。”

大卫真想给这位温雅的女郎叩头。爱薇已经在她的声音里放下了意料之外的补偿了；她已经用语调的温柔来解决这情景的困难了；她的提议比赞词还要珍贵，这是爱情的第一个宠幸。

“只是，”她回答大卫所做的姿势说，“让我几分钟来穿一穿衣服。”

一辈子不知道什么是曲调的大卫却哼哼的唱着起来，这使忠厚的步斯特尔大为惊愕，使他剧烈的怀疑到爱薇和这位印刷业者的关系。

这夜会的最小的景象都大大的震荡鲁先，这夜会本质上要带鲁先去倾听最初的印象。正如一切没有经验的情人一样，他来得太早了，甚至于连路易丝都还没有在客厅，只有巴尔吉顿先生一个人在那里。鲁先已经开始学得一些有夫之妇的情人用以购买幸福，能够给女人们测量她们所能够请求的东西的小小的卑劣的行径，但是他还没有面对面着巴尔吉顿先生过。

这位绅士的智慧是有限的，刚刚好站在那种不扰人而还懂得一些事儿的人和那种不接受也不发表任何意见的骄傲的笨伯之间。献身于他对社会所有的责任，努力于使社会喜悦他，他就采取了舞士所有的微笑来做他的唯一的言语。无论他是高兴也好，不高兴也好，他总微笑着。他对一群悲惨的新闻发出微笑，正如他对一个快乐的事件发出微笑一样。这微笑是以巴尔吉顿爵士先生所给他的表情来回答一切的。如果必得有一个直接的称赞的话，他就用一个悦人的笑声来强化他的微笑，而在尾声之上只吐出一句话。这个面对面的情况使他觉得有唯一使他的长寿生活复杂化的妨害，于是他就不得不从他那空洞的内心里去寻找一些东西。大部分的时间，他都是用童年的天真的习惯来拔除苦难：他想得很高，他要给您叙述生活的最微小的细节；他要告诉您他的需要，他那微末的感觉，这些感觉在他看来好像就是他的思想。他不谈到雨，也不谈到好天气；他并不说一般笨人用以自救的平常的谈话，而讲到人生的最亲切的兴趣。

“为着巴尔吉顿夫人快乐起见，今天早上我吃了牛肉，因为她非常喜欢牛肉，我的胃口也吃了不少的苦头，”他说，“我明知这个，但是我总这么干；请您给我解释解释这个道理!”

或者是：

“我要按铃叫人家给我一杯甜水；您也要趁着要一杯吗?”

或者是：

“我明天要骑马去看我的丈人去。”

这些引不起辩论的小句子用不着对话者的一声“是”或一声“非”，而会话也就坠入平淡无味的境地去了。巴尔吉顿爵士先生于是就把他那呼吸短促的哈巴狗一般的鼻子望西一朝，恳求客人的帮助；他就用多色的眼睛来看您，大有问您“您说什么”的神气。那些忙于谈论自己的事情的讨厌的人们，他就喜欢他们，用正直而精细的注意去倾听他们，这种注意使他们觉得他是这样的和蔼，甚至于安古莲好饶舌的人就认为他有一种阴险的智慧，认为人家是误评了他。所以，当他们找不到听众的时候，他们就跑到这位绅士的身边来结束他们的故事或他们的辩论，因为他们确信可以得到他的赞许的微笑。他的妻子的客厅总是高朋满座的，平常他总觉得那里很安适。他忙于管理琐碎的小事：他看见谁进来，就微微的笑着给他行礼，把这位新来的客人领到妻子的面前；他侦候出去的人，陪着他们，用永远的微笑来欢迎他们的“再见”的呼声。夜会最热闹的当儿，当他看见每一个人都有他的事情的时候，这位哑吧一般的乐天主义者就像高鹤一样的插着他的两只长腿，好像在倾听一个政治的会谈似的；不然的话，他就来研究一位赌徒手中所拿的纸牌，然而却一点儿也不懂得，因为他不知道任何的赌戏；再不然的话，他就踱来踱去，抽着他的烟，喘着他的消化。阿纳斯是他的生命的美丽的一角，她给他无穷的快乐和享受。当她发挥主妇的威风的时候，他就躺在靠背椅子上钦佩她；因为她是为他而说话的：然后他就很高兴的寻找她的语句的精蕴；并且，因为往往在她说了之后很久很久才懂得这些语句的意义，他就和埋在地下的炮弹一样的爆发出他的微笑。并且他对于她的敬重甚至于走到崇拜的地步。任何方式的崇拜下就是够得使生命幸福吗？以富有精神和仁慈心的人的资格，阿纳斯并没有乱用她在丈夫身上所看出的性格来欺负他，她的丈夫就和儿童一般的易于欺骗，他只要求人家的管治。她对于他的卫护就好像卫护一件外衣一样；她把他弄得干干净净，洗刷他，收藏他，排布他；感觉到自己被排布，被洗刷，被卫护，巴尔吉顿爵士先生就用一种忠狗一般的热情来报答他的妻子。他是这么容易拿出不化一文钱的幸福给人家啊！巴尔吉顿爵士夫人知道丈夫除了他的亲爱的美妻以外再也没有其他的快乐，就使他叫人预备最上等的佳肴；她怜悯他；她从来没有埋怨过他；而且有的人不懂得他的骄傲的沉默还把那些隐蔽的德性归附在巴尔吉顿爵士先生身上。此外，她还用军事的纪律来训练他，这位丈夫对于妻子的服从也就是被动的。她对他说："去拜访某某先生或某某太太去。"他就像巡哨的兵士一样到那里去。所以，在她跟前他就和武装的兵士一样的不动的站着。

这时候正在讨论任命这位沉默的议员。鲁先和这一家的来往时间还不够长，他还没有揭破遮蔽这不可思议的性格的布幕。深埋在靠背椅子中的巴尔吉顿爵士先生似乎看出了一切，懂得了一切，他就特别的造作出他那沉默的庄严。在鲁先看来，他好像非常的威严。鲁先不把他看做花岗石的界碑，而把他看做可怕的狮身女面的怪物，因为一般人的倾向总以为一切的东西都是伟大的，一个灵魂都有一切的形式，他认为有恭维这位绅士的必要。

“我第一个来。”他说着，给他致了一个比一般人给这位好好先生所致的更为恭敬的礼。

“这很自然啦。”巴尔吉顿先生回答说。

鲁先认为这句话是妒忌的丈夫的讽刺诗，他就涨红了脸，跑到镜前来照一照自己，来寻找一个举动。“您住在湖姆，”巴尔吉顿爵士先生说，“住远的人往往比住在近处的人来得更早。”

“这为什么呢?”鲁先说着，取了一种讨好的神色。

“我不知道。”巴尔吉顿爵士先生回答说，他又回到他的不动的状态里去了。

“您不想研究研究，”鲁先接着说，“一个善于观察的人能够找出这原因。”

“啊!”巴尔吉顿爵士先生叫了一声，“最后的原因！呃！呃！……”

鲁先绞着脑汁，想要重新鼓起停顿在这里的谈话。

“巴尔吉顿爵士夫人一定在打扮罢?”他说着，又觉得这样问法的幼稚而战栗着。

“是的，她在打扮。”这位丈夫自然的回答。

鲁先仰起眼睛细看两条漆成灰色的突出的木椽，这两条木椽的中间是装上天花板的；他找不到一句转弯回来的话；然而他也并不是没有恐惧的看见四周老旧的梨形的宝石脱落了透明的麻丝，积上无数的蜡油的小烛台。家具上面的遮布都拿去了，红色的灯笼也露出他那褪色的花纹。这种准备宣告一种非常的会合。诗人就对自己的服装抱着疑虑，因为他是穿长靴的。他用惊呆的态度去观看一个放在一张路易十五时代有花叶装饰的绳子的壁架上面的日本花瓶；然后他就害怕没有逢迎这位丈夫会使他不高兴，也就决定来寻找看这位好好先生有没有什么得意的地方，可以让人阿谀的。

“您很少离开本城，是不是，先生?”他又回来，走向巴尔吉顿先生这边，对他说。

“很少。”

寂寞又开始了。巴尔吉顿爵士先生好像一只多疑的母猫一样的侦伺着扰乱他的休息的鲁先的最小的动作。他们彼此都有畏惧之心。

“他对我的注意会不会有些怀疑呢?”鲁先心里想，“因为他似乎对我有点敌对的态度。”

侥幸得很，当鲁先非常窘迫的对付巴尔吉顿爵士先生用以探察他走来走去的眼光时，穿制服的仆人就来宣告查特利爵士的降临。男爵态度自如的走了进来，给他的朋友巴尔吉顿行了礼，再给鲁先轻轻的点了一个头，这种点头在当日是很时髦的，然而鲁先却觉得太简单无礼了。查特利爵士穿着一条令人眩目的白色的裤子，鞋底间的内带就把这裤子夹在他的摺叠里。他有精致的鞋子和苏格兰的线袜。还有，他的黑礼服是以巴黎的裁缝和式样来显耀的。他确是祖先所给他宣告的自负美丽的人；但是年纪已经给他赠予一个小小的圆肚皮，很难容纳他在漂亮的范围之内。他染了他的头发和他的颊髯，因为这些髯发已经被仆仆风尘的生活催白了，使他有一种冷酷的神气。他的脸色以前是很细雅的，现在却有那些从印度回来的人的铜色；但是他的言行虽然因为他心中所包藏的目的有点可笑，然而却可以表现出皇室公主的秘书的可爱的风度。他架上他的小单眼镜，瞧了瞧鲁先所穿的南京紫花布的裤子，长鞋，背心和在安古莲所制的蓝色上衣，总之，遍体的瞧了瞧他的情敌。然后，他就冷冷淡淡的把他的小单眼镜收在背心的口袋里，好像在说：“我很满意。”鲁先已经被这位财政家的气质压倒了，他想：当他用他那被诗章所吹气的脸孔在会场中显示的时候，他就可以报仇了。但是，他却并不是没有强烈的苦痛而继续了他以为是巴尔吉顿爵士先生给他产生的内心的不安。男爵似乎是以他的整个的幸运的重量来压在鲁先的身上，来巧妙的克服这种悲惨。不想再说什么话的巴尔吉顿爵士先生被这两位互相观察的情敌所保守的寂寞惊愕了。但是，当他鼓起最大的勇气的时候，他就觉得有一个好像留给干渴时吃的雅梨一样的问题，他认为必须用急迫的神气把他放出口来。

“哎，先生，”他对查特利说，“有什么新的人没有？人家说什么没有？”

“可是，”税务局局长狡猾的答，“新的人有，查尔登先生。您跑去找他去罢。您给我们带了些好诗来吗？”活泼的男爵问着，整一整在他看来是紊乱了的面前一个大钮子。

“要知道我到底是不是成功，我还得问您哩，”鲁先回答，“您做诗还在我之前哩。”

“唔！一些写来求人欢心的还有一点儿意思的小诗剧，一些时曲，一些符合音乐的浪漫诗，我给波拿巴特（这位忘恩背义的人）的一位妹妹写的诗体尺牍，这些都不是可以流传万世的杰作！”

正在这个时刻，巴尔吉顿夫人全身的显出一个经过细究的服装的光彩。她带着一条加有东方铁钮的头帕。一条丝麻的肩带，下面亮着颈圈的雕凸花的美石，雅致的围着她的颈项。染色轻纱的短袖衫让她显示叠在白皙的手臂上面的许许多多的镯子。这种和舞台上面的打扮一样的丽装实在是迷住了鲁先了。查特利爵士先生风雅的给他的王后说了许多令人作呕的恭维，使她乐得只是微微的发笑，因为她很高兴能够在鲁先前面受到人家的称赞。她只给她的亲爱的诗人交换一次眼色，而用礼貌来回报税务局局长，来侮辱他，因为这礼貌把他驱逐出她的亲密的范围之外。

然而，被请的客人们开始到来了。最初出现的是主教和他的大助理，这两个严肃的睑孔，却正好是一个对照：主教是长瘦的，他的陪从却是短胖的。他们两个人都有一副晶亮的眼睛，但是主教是苍白的，而他的大助理的脸色却因为最高的健康而发紫。他们两个人的姿势和动作都是很少的。他们两个人似乎都是很谨慎的，他们的保守和他们的缄默都是可以使人恐惧的，他们在人家看来是富有精神的。

跟着这两位教士后面来的是南都尔爵士夫人和她的丈夫。这是两位那些没有来过外省的人要认为是怪物的大人物。阿美利就是自己提议要当巴尔吉顿爵士夫人的对头的女人；她的丈夫南都尔爵士先生就是一般人所叫做斯坦尼斯拉斯的；他是当年的青年人，四十五岁了还是很瘦的，他的脸孔就像是一个筛子。他的领结总是结成两个吓人的尖端，一个顶到右耳的上端，一个落到十字章的红带上。他的衣裾整个的翻了过来。他那打开的背心让人看见一件膨胀的，矫饰的，被笨重的金银细工的逼针扣紧的衬衫。总之，整个的服装都有一种过火的性质，使他非常的近似讽刺画中的人物，使陌生的人看来不能不为之失笑。斯坦尼斯拉斯用一种满意的神色不断的自高至下的看着自己，算清他的背心的钮子的数目，眼睛顺着裤子上面的褶纹，用一个多情的停留在他的长靴的鞋尖上面的眼光来爱抚他的双腿。当他不再这样自己欣赏的时候，他的眼睛就去寻找一面镜子，他就细察他的头发是不是还保持着他的卷曲；他就用一只快乐的眼睛来挑问女人，把他的一个指头放在背心的口袋里，头部向后倾斜，几乎是安定姿势。这是他在他的社会中所以是一个美男子，所以能够成功的一只雄鸡一般的媚态。大部分的时候，他的谈话都是含有许多放肆的语词，好像他是在十八世纪说这些话一样。这种讨厌的谈话却使他在女人们身边得到不少的成功，他可以使她们发笑。查特利爵士先生已经开始给他一些不放心。事实上，自从巴尔吉顿夫人溺爱她的安古莲的拜仑以来，那些被间接税务局局长的自负的轻蔑所忧愁，被他那装做没有法子跳出憔悴的样子所刺激，被他那萎靡的苏丹一般的声调所针刺的女人们对他的追求是比他刚来的时候还要积极的。阿美利是一位拙劣的喜剧演员式的，肥胖的，白皙的，黑头发的，夸张一切，谈论一切，用夏日戴羽毛冬天带花朵的头来旋转的小小的妇人；她是一位会说话的女人，然而不能够没有加上她所不认识的气喘的啸声而说完一段话。

农学会会长山都爵士先生人家叫他做阿斯多尔夫，他是一位有深颜色的人，高高的，大大的。他被他的妻子拉着进来。他的妻子的形状很像一棵枯干的野禾，人家叫她做莉莉，这是爱莉沙的简称。这个名字使人想象她有一些幼稚的地方，却可以确认山都爵士夫人的性格和她的举止，她是一位严肃的，非常敬虔的，不容易对付而健讼的爱玩的女人。大家认为阿斯多尔夫是一位第一流的举者。一位不学无术的人，他也居然不是没有在一本农学的字典中写了一篇糖论和一篇酒精说，两篇整个剽窃一切报章和古书中谈到这两种产品的文章所凑成的著作。全省的人都以为他是忙于著述一篇关于近代农业的论文。虽然他整个的早晨都是关在自己的书房里。然而十二年了他还没有写上两页。如果有人来拜访他的话，他就装做捡取乱纸的样子，搜索一个迷乱的注脚，或是清理他的笔尖；但是他却把他留在书房里的整个的时间用在胡闹的幼稚的工作中：他在那里慢慢的念着报纸，用他的刀子雕刻塞子，在他的敷纸上面画着奇形怪状的图像，他翻阅西塞郎的著作，想要从那里急速的找到可以应用在当日的时事上的章句；然后，在夜里他就拚命的把他的谈话引到一个题目上面，可以让他说声：“在西塞郎的书中有一页似乎是特别为我们今日的时事而写的。”于是，他就在听众的惊叹之中背诵这一段，听众们也就彼此传说：“真是，阿斯多尔夫是一个知识的源泉。”这奇迹就传递九城，使全城的人都对山都爵士先生维持着他们的过颂的信仰。

在这一对夫妇之后就来了巴尔塔斯爵士先生，这位先生人家叫他做阿德里恩，他是一位会唱低音而对音乐有自负的人。自己对于自己的爱戴把他坐在唱歌练习本前面：最初他钦佩自己的歌唱，后来他就开始谈论音乐，最终就整个的沉醉在音乐之中。在他身上，音乐的艺术就变成了一种偏狂；他只有在谈论音乐的时候才会精神焕发的，在一个夜会里，他会一直苦闷到人家请他唱歌的时候为止。一旦哼了一曲清歌之后，他的生命就开始了：他夸耀，他翘起脚跟来收受人家的庆贺，他做出谦逊的样子；然而他却从一群一群的人前面走过，去搜集人家的称赞；然后，当一切的赞词都说过之后，他又回到他的音乐上面来，开始谈论他的曲调的困难或是吹嘘他的制曲人的本领。

陪着巴尔塔斯先生来的是墨水画的名士勃礼毕恩·阿历山大先生，他是用荒谬的作品来糟塌他的朋友的房屋，毁坏了全省的人的纪念册的画家。他们两个人每一个人都伸出手臂拉着另外一个人的妻子。用虐人的新闻记者的口调来说，这种交换而且是完全的。这两位太太萝萝蒂（勃礼毕恩·查尔萝蒂夫人）和菲菲茵（巴尔塔斯·约瑟菲茵夫人）都是一样的只在注意一条颈巾，一个装饰物，各种不同的颜色的配合，她们都有显得和巴黎的小姐一样的欲望，而不顾家里的乱七八糟。如果这两位和洋娃娃一样紧裹在经济的袍衫之内的妇人在她们身上开了一个过分奇怪的颜色的展览会的话，她们的丈夫却以艺术家的资格随随便便的不修边幅，让人家产生了来观看他们的好奇心。他们的破旧的衣服给他们加上了小戏院里扮演参加结婚典礼的高等社会的哑脚的神气。

客厅来客中，一个最新奇的就是徐朗赤公爵先生的风采。贵族们叫徐朗赤先生做约克。他是一位大猎夫，高高的，干燥的，褐色的睑孔，和野猪一样的可爱，威尼斯人一样的多疑，摩尔人一样的富于妒嫉心，而非常聪明的和这家的朋友胡多瓦爵士先生

（就是佛兰锡）生活在一起。

徐朗赤公爵夫人（淑翡玲）是一位伟大而美丽的妇人，但是已经被某种肝气病的激动而发出疹斑使她变成一位急暴的女人。纤细的腰，幽雅的体格的比例使她有一些可以感觉矫饰然而却可以表现被爱的人的感情和满意的私情的娇弱的举止。

佛兰锡是一位相当出色的人物，他离开了瓦郎斯地方的领事馆和他在外交界的希望而跑到安古莲来生活在淑翡玲的身边；淑翡玲又叫做淑心。这位老领事照应家庭的琐事，教育儿童，给他们讲授外国语，用整个的忠诚来管理徐朗赤公爵夫妇的财产。安古莲的贵族，安古莲的政界，安古莲的中产阶级很久以来就批评着这个三位一体的家庭的完全的结合；但是这个三位一体的夫妇关系终究似乎是太少见的，太有意思的，如果胡多瓦先生装做要结婚的话，他就好像是太不道德的了。此外，人家已经在徐朗赤夫人对于她的养女海牙小姐（就是她用作她的女伴的）所有的过分的亲热之中开始有了一些疑惑，并且，虽然在日子上算起来似乎是不可能的，人家却找出在海牙·佛兰苏丝和胡多瓦·佛兰锡之间有一些触目的肖似。当约克在郊外打猎的时候，每一个人都要问他佛兰锡的消息，而他也就叙述着他的义务管家的小恙，给他有接近他的妻子的机会。在这样一个妒嫉的人身上，这种盲目似乎是太奇怪了，于是他的最好的朋友们就开玩笑的要他装模作样，而把这桩事告诉给那些不知道这神秘的人们，因而去使他们开心。胡多瓦先生是一位珍贵的花花公子，人家的溺爱把他变成娇养的，儿态的。他忙于他的咳嗽，他的睡眠，他的消化和他的饮食。淑翡玲把她的管家弄成一个身体柔弱的人：她给他加上棉絮，戴上帽子，灌上药品；她用佳肴美味来养肥他，好像公爵的长毛小狗一样；她给他预备或禁止他吃某种某种的食品；她给他刺绣他的背心，领结的末端一段，手帕；结果她使他惯于穿着这样美雅的东西，她甚至于使他变成了一种日本的偶像。他们的相得而且并不是虚传的：淑心随时随刻瞧着佛兰锡，佛兰锡也从淑心的眼睛里看出许多的念思。他们一同责斥，他们一同微笑，似乎要互相商议来说一声最简单的“您好。”

大家所羡慕，收有四万佛郎的息金而到巴黎去过冬的郊外最富有的地主毕孟德先生和他的妻子是从乡下跟他们的邻居们一起坐着四轮轻马车来的。这些邻居是拉斯迪额男爵夫妇，男爵夫人的姨母和男爵夫妇的两个迷人的年青小姑娘。小姑娘们长得很康健，很穷苦，但是却穿着素朴的衣服，更显得自然的美丽。这些人不消说是夜会的生力军，然而却受过冷淡的沉寂和满充着妒嫉的尊敬的欢迎，特别是当每一个人看见巴尔吉顿夫人对于他们所施的特种的欢迎的时候。这两家的人是属于那些住在流言之上而不参加任何社交的少数的外省的人群，它们生活在隐居的安静的生活之中，而保守着一种强有力的庄严。人们都以他们的衔头来称呼毕孟德先生和拉斯迪额先生；任何的亲热的友谊都不能够把他们的妻子和他们的女儿拉进安古莲的高等会党里边去。他们太接近于内庭的贵族，不愿意干犯外省的儿戏。

州长和将军是最后的来客，伴着他们来的就是早晨带一篇讨论养蚕的论文到大卫印刷局去的那位乡下绅士。他无疑的是一位什么县份因为他的产业而值得尊敬的县长；但是他的言行和他的服装却完全不适合于这个社会：他很拘束的躲在他的衣服里边，他不知道把手放在什么地方，他一边说话一边在他的对话者身边打绕，当人家跟他说话的时候，他就站了起来，又坐了下去来回答他，似乎是等着给人家当听差的；他不时不时的显出谄谀，不安，沉闷的样子，他忙着听笑话发笑，他用仆人的态度来倾听，有的时候他却取了一种阴险的神气，自以为人家跟他开玩笑。在这夜会之中，好几次因为被他的论文所压迫，他总要想法子来谈论蚕丝；但是不幸的塞维拉克一碰着巴尔塔斯先生，巴尔塔斯先生就用音乐的问题来回答他，一碰着山都先生，山都先生就给他背诵西塞郎。夜会过了一半的时候，县长先生终于和一位寡妇跟他的女儿勃落沙尔夫人和勃落沙尔小姐领会起来；这两位女性并不是这个社会中最不令人感觉兴趣的人物，一句话说串了，她们的贫穷是和她们的贵族同样的程度的。她们的服装中饰有一种可以引人看出隐蔽的悲惨的所谓宝珠。勃落沙尔夫人时时刻刻非常笨拙的吹嘘她那粗大的二十七岁的女儿，据她说，她的女儿是钢琴专家；她正式的使她学会要结婚的人的一切的嗜好，并且在一个同样的夜会中，因为要扶立她的亲爱的葛美儿，她曾假冒说过葛美儿喜欢军队的飘泊生涯和开发财产的地主的平静生活。她们二位都有被人指摘的庄严，都有大家因为自私而高兴来埋怨她们的甘酸，她们曾探测过社会上的人拿来在欢迎不幸的人之中得到快乐的安慰的语言到底是空虚到什么程度。塞维拉克先生已经五十九岁了，他是没有儿女的鳏夫；所以，这母女二人就用虔诚的崇拜来倾听他对她们所说的那些关于养蚕所的话。

“我的女儿向来喜欢动物，”这位母亲说，“所以，因为女人们对于这些小动物所吐的丝都感觉到兴趣，我要请求您让我们到塞维拉克去，给我的葛美儿瞧瞧这丝是怎么收来的。葛美儿很聪明，她一定可以立刻懂得您给她说的一切的话。有一天，她没有懂得测量面积的反比！”

这句话就很光荣的结束了鲁先宣读诗文之后塞维拉克先生和勃落沙尔夫人之间的谈话。

几个熟人好像在自己家里一样的没有拘束的在会场中走来走去，同样的还有两三个懦怯，沉静，装得和神龛一样，因为被请来参加这严肃的文会的男孩子也这样的跑来跑去，其中最大胆的就很放纵的要跟海牙小姐攀谈。一切的女人们都很庄严的排列成一个圆圈，男人们就站立在这一排的后面。这种由于奇形怪状，穿怪衣服，脸皮发皱的人物所结成的会场，在鲁先看来就变成非常带有压迫性的；当他觉得自己是一切的视线的目的物时，他的心就跳动了。无论他如何的大胆，虽然有他的情妇的鼓励（这情妇正于接待安古莲的最高人物之中用她的庄严和她那最宝贝的温存来发展她的幸福），他总不容易支持这第一个难关。吞噬他的局促不宁的心情又被容易测猜得出而可以恫吓一位还没有熟识社会的机智的年青人的环境给继续下去了。鲁先用整个的眼睛，整个的耳朵来听着路易丝，巴尔吉顿夫人，主教和其他一些公馆主妇的好朋友叫他做吕崩柏礼先生，听着大多数讨厌的群众叫他做查尔登先生。受到好奇者的反诘的眼色而感到懦怯，只要人家的嘴唇的一个单独的动作就可以使他预感到人家要叫他的中产阶级的名字；他就预先揣测到几乎是无礼的外省人的坦白所要给他加上的批评。这些意外的不断的针刺使他对于自己更加不安。他焦急的等候着开始宣读的时刻，因而能够取得一种态度，可以停止他的内心的忧躁。然而约克却给毕孟德夫人谈论他的最后一次的打猎；安德里恩却跟拉斯迪额·罗尔小姐谈论新出的音乐界名星罗西尼；从报纸上读得烂熟关于一种新发明的耕犁的描写的阿斯多尔夫却跟男爵讨论这耕犁。鲁先这位可怜的诗人，他并不知道这些聪明人，除了巴尔吉顿夫人以外，没有一个人懂得诗。这些没有感情的人们都在走来走去而还不明白将要演出的戏景的性质。许多类似号筒，类似铙钹，类似江湖上的大鼓的话语总在吸引着群众。美丽，光荣，诗章，这些字眼都是诱惑最粗俗的人的魔术。当大家都来了的时候，当巴尔吉顿先生被他的妻子好像拿着手杖敲响石片的教堂的瑞士卫士一样的派来说了不止一千次的知会之后，鲁先就走到一张圆桌旁边，坐在巴尔吉顿夫人身边，在灵魂中发出一个强烈的震动。他用一个颤动的声音说是为着不使任何人焦急等待起见，他要念读最近所发现的一位无名诗人的杰作。虽然陈匿埃·安德利的诗一八一九年之后就刊行了，但在安古莲却没有一个人听见人家谈到陈匿埃。每一个人都想在这句宣告之中来发现巴尔吉顿夫人用以置理诗人的自尊的情绪，使听众舒适的曲折的方法。鲁先先念《青年病夫》，听众就以恭维的呻吟来欢迎他；然后就念《盲人》，这些庸俗的人觉得太长的一首诗。当他念读的时候，鲁先却觉得有一种激烈的苦痛，只有超等的艺术家和那些有高度的同情心和智慧的人才能够完全了解的。为着能够用语调来表现，正如为着能够被人了解一样，诗是需要一种神圣的注意力来倾听的。在念读和倾听之间必得有一个亲切的联系，如果没有这联系的话，情绪的电感就不会产生。因为缺乏这种联系，所以这位诗人就觉得自己好像是一位天使要在地狱的冷笑之中歌唱天上的圣曲一样。在发展机能的环境中，智慧的人们都有蜗牛的环视的眼光，狗一般的嗅觉，鼹一般的耳朵；他们在看，他们在嗅，他们在听一切围绕他们身边的东西。音乐家和诗人可以和植物在适合或不适合的气候中干枯或复生那样快的知道自己是受人家的钦佩或误解。那些不过是为女人，是为谈论他们的事情的男人们的呻吟就是依据这种特殊的听觉律而在鲁先的耳朵中回响的；同样的，他也看见几个听得出神，半开颚骨，用牙齿来冒犯他的人所表现出来的同情。好像洪水时代的鸽子一样，当他寻找一个可以停留他的视线的适合的角落时，他碰到了那些明明想到这会场来寻觅实际利益的人们的不耐烦的眼睛。除了拉斯迪额·罗尔，两三个年青人和主教以外，一切参加开会的人都有生厌的样子。事实上，懂得诗的人都是想法子在灵魂之中来发展作者的诗句所包含的思想；但是这些冷淡的听众一点儿也没有吸取诗人的灵魂，甚至于不去领会他的语调。所以鲁先大为气馁，甚至于他的衬衫都被冷汗浸湿了。他转过头看着路易丝，路易丝的冒火的视线给他鼓起一口气念完的勇气；但是他那诗人的心坎却针刺着成千的创痛。

“您觉得这有意思吗，菲菲茵?”干燥的莉莉对她的邻座说，她也许是在等待一种力量的来临。

“不要问我的意见啦，亲爱的，我一听见念读就闭上我的眼睛了。”

“我希望纳斯不要常常夜上叫我们来听人家念诗，”佛兰锡说，“当我吃完饭来听念诗的时候，勉强注意总要使我的消化不良。”

“可怜的小猫，”淑翡玲低声的说，“您就喝一杯糖水罢。”

“的确念得很响亮，”阿历山大说，“但是我却宁可打魏斯特牌。”

听了这句因为“魏斯特”这个英国字的意义而变为有意思的回答之后，有几个赌徒就认为这念读有休息的必要。在这个借口之下，一两对夫妇就巧避到化妆室里去。在路易丝，迷人的拉斯迪额·罗尔和主教的恳求之下，鲁先就用了一种富于神经质的反革命的抑扬来唤醒人家的注意力，甚至于有不少的人就因为语调的热烈而鼓掌称好，虽然并不懂得念读的是什么。这种人可以用大声怒骂来影响，正如俗人的味觉可以用烈酒来刺激一样。吃冷食的时候，淑翡玲派遣佛兰锡去看看这本册子，而对她的邻座阿美利说鲁先所念的诗是印出来的。

“但是，”阿美利用一种显露的快乐神气来回答，“这有什么奇怪的？吕崩柏礼先生在一间印刷所里工作。这就好像是，”她说着瞧了萝萝蒂一眼，“一位美丽的女人自己做自己的衣服一样。”

“他自己印了他自己的诗。”女人们互相传说着。

“为什么他就叫做吕崩柏礼爵士?”约克问，“当一位贵族用手来工作的时候，他就得去掉他的姓氏。”

“他的的确确是去掉了他的平民的姓氏了，”淑心说，“而且改用了他的母亲的贵族的姓氏。”

“他的诗既然印出来了，我们也可以自己念。”阿斯多尔夫说。

这种愚钝使问题更加复杂，一直弄到查特利能够骄傲的对这无知的会众说：这个宣布并不是博得听众欢心的方法，这些美丽的诗句是革命家陈匿埃·马利—约瑟的一位保王党的兄弟所写的。安古莲的社会，除了受这诗句的感动的主教拉斯迪额夫人和她的两位小姐以外，都认为是受了人家的昏惑而对这个欺骗加以攻击了。一阵喃喃的声响产生出来了，但是鲁先并没有听见。内心的悲哀所产生的昏迷把他从这个可恶的社会隔开，他就努力重复的念，看着这些脸孔好像是穿过黑云一样。他念读对于自杀所写的悲惨的赞词，表现一种高超的悲哀的带有古代意味的赞词；然后又念到有这一句的一首诗：

你的诗句是甜蜜的，而我也喜欢反复的念读。

最后，他就用歌咏纯洁爱情的温美的诗章《聂埃尔》来结束。

巴尔吉顿夫人沉醉在甜蜜的梦境里，一只手插在无意中展开的发卷里，另外一只手空垂着，一个人孤独的坐在客厅的中央，她平生第一次觉得她的生命是带到一个特殊的环境里去。您可以想象一下她是怎么样不痛快的被跑来告诉她群众的愿望的阿美利打搅了。

“纳斯，我们是来听查尔登先生的诗的，您却给我们一些印好的诗。虽然依爱国的情绪来说，这些诗句都是很有意思的，但是这些太太小姐们更喜欢一些生酒。”

“您不觉得法国的语言不大适合于作诗吗？”阿斯多尔夫对税务局局长说，“我觉得西塞郎一千倍的更有诗意。”

“真正的法国诗是轻佻的诗，小歌曲。”查特利回答。

“歌曲证明我们的语言非常富于音乐性。”安德里恩说。

“我倒要认识认识使纳斯消魂的诗句，”淑翡玲说，“但是依据她欢迎阿美利的要求的神气看来，她好像不想给我们一个样本似的。”

“她有叫他念读这些诗的责任，”佛兰锡回答说，“因为这位小先生的天才就是她所辩解的。”

“您曾在外交界办过差事，请您给我们弄到这个罢。”阿美利对查特利爵士先生说。

“这是最容易不过的。”男爵说。

当年的公主私人秘书惯于办理这些小事。他就跑去找主教，懂得把他请来进行。因为主教的恳求，纳斯就不得不请鲁先来念读一些他背诵得出的自己所写的诗。男爵在这个交涉中所得到的立时的成功使他得到了阿美利的轻弱的微笑。

“真的，这位男爵真有主意。”她对萝萝蒂说。

萝萝蒂忆起阿美利所说的那句关于自己制袍衫的女人的甘酸的谈话。

“从什么时候起您认识了这些帝国的男爵呢？”她微笑的回答。

鲁先曾经在一切中学毕业的青年们所用的一个标题之下，在他给她写的一首诗歌之中来神化他的情妇。这首这样被欣赏的诗歌，这样整个的美化了他心中所感觉的爱情的诗歌，在他看来，是唯一可以和陈匿埃的诗句对抗的。他用一种平常的自负神色瞅了瞅巴尔吉顿夫人，说了一声：《献给她》！然后他就骄傲的站着发挥这首得意的杰作，因为作者的自尊心使他觉得在巴尔吉顿夫人的石榴裙下很舒适。在这个时刻，纳斯就在女人们的眼前揭开了她的秘密。虽然她惯于利用最高的智慧来统治这社会，她也不能够不为鲁先而战栗。她的举止局促了，眼睛好像是向人请求赦宥似的；然后，她就不得不低下眼睛来听着下面的诗句，隐蔽着她的满意。

献　给　她

在这荣耀和光辉的狂流之中
那里，出神的天使们抚着黄金的琵琶琴弦
在耶和华的脚旁重复的念诵
我们的天星的幽怨，

常常有一位金栗色头发的大天使，
用上帝的光芒遮盖他的额盖，
在九天之上展开他那银色的膀翅，
降下这世界上来。

他从上帝处学懂得恩惠的视线：
天才落在绝地，他含隐着苦痛；
他是被崇拜的少女，他在童年的花朵里边
催眠着老翁。

他从恶人处记录了他们的过时的悔疚；
对于不安的母亲，他说："你应当希望前途的平坦！"
然后，满充着快乐的心，他就数究
人们对于悲愁的浩叹。

在这些美丽的使者之中只有一个是在我们的身边，
遍满爱情的人世叫他留停在途中；
但是他却流泪而用悲愁温柔的视线
来循视天父的穹窿。

告诉我他的高贵来源的象征

并不是额头上的洁白的色泽，
也不是他的眼睛的光芒；也不是他那神圣
热烈的品德。

但是我那昏迷的爱情是用多少的祈祷
想要和他的神圣的本质相连续，
然而他是可怕的伟大的天神，而我的爱情也碰到
不可侵犯的甲胄。

啊！请留心，请留心让这爱情再看
重新飞回天去的这个明亮的大天使；
他是太早的知道晚间歌唱
这魔术的言语！

然后，您就可以看见他们在黑夜来临
和曙光破晓一样的时候和睦相亲
飞到天上的河汉
等待预言的巡守的水夫
也要用他们的光亮的脚来指示过路，
好像是永远的灯塔一股。

“你懂得这双关语吗?”阿美利对查特利爵士先生说，给他投去一道娇媚的眼色。

“这好像是我们离亍中学时多少都写过的诗句，”男爵用烦扰的神色回答，表现出他那什么也不足为奇的判断员的态度。“以前，我们是说到奥西恩的浓雾。我们说的是马尔文拿，芬迦尔，云彩的出现，从墓中出来而在头上有满天星斗的战士们。今天，

这诗中的老古董却用耶和华，琵琶琴，天使，大天使的翅膀，一切用这些字眼‘庞大的，无穷的，孤单智慧’等所革新的天堂的服装来代替了。这是湖沼，上帝的语言，一种用搜索枯肠所得到的韵语来加富的基督教化的泛神论，例如碧玉和诈虚，祖先和水仙等等。还有，我们所说的方向也是不同的，我们不说北方，而说东方：但是，我们的晦涩都是一样的浓厚。”

“如果诗歌是晦涩的话，”淑翡玲说，“在我看来，他的宣言却是非常明白清楚的。”

“伟大天神的甲胄也就是相当轻薄的纱布的袍衫。”佛兰锡说。

虽然礼仪要人家因为巴尔吉顿夫人而显然的说出这诗歌是可爱的，然而这些抱歉找不到为她们服务而把她们当做天使的女人们却好像不耐烦一样的站了起来，娇媚的呻吟着：“很好！美！绝！”

“如果您爱我的话，您就不应当夸奖作者，也不应当夸奖他的天使，”萝萝蒂用一种威严的神气对她的亲爱的阿德里恩说，这神气是阿德里恩所得服从的。

“总之，这些都是句子，”淑翡玲对佛兰锡说，“爱情就是活动的诗。”

“您倒说了，淑心，这正是我所想到而没有细腻说出来的话，”斯坦尼斯拉斯立刻回答，从头至脚自己用爱抚的眼光查察了自己一下。

“看着纳斯降低她的骄傲，我不知道我要怎么说，”阿美利对查特利说，“她要人家把她当做大天使看待，好像她比我们高贵似的，她要我们结交这位药师和看护妇所生的儿子，这位在印刷所里工作的下等人。”

“因为父亲卖些毒饼来毒死丝虫，”约克说，“他一定也要弄得让他的儿子自己来吃。”

“他继续他父亲的职业，因为他刚才所给我们的在我看来就像是药品，”斯坦尼斯拉斯说着取了最厌腻的姿势，“用药品代替药品，我宁可要别的东西。”

这时候大家都用贵族的讥讽来奚落鲁先。敬虔的女人莉莉自以为是做了一个慈善的举动，说是应当监视将要发疯的纳斯。外交家佛兰锡自荐来负责把这愚蠢的阴谋引至良善的结果，这阴谋是这一切小器的人们所感到兴趣的，就好像对于他们能够看到一个冒险而能够于第二天告诉人家的故事的戏剧所有的忠诚一样。退职的领事官一点儿也不考虑和这位在巴尔吉顿夫人眼前可以发出一句愤懑侮辱的话语的年青诗人来斗争，他懂得应当用一个无法报复的铁棍来杀害鲁先。他跑来和主教谈天，装做同情鲁先的诗所给主教的灵感的样子；然后，他就想法子使主教莫明其妙，让他相信鲁先的母亲是一位高尚的女人，过度的谦逊的女人，给他儿子的写作的一切的材料的女人。鲁先的最大的快乐就是要人家对他的母亲一个正当的批评。一旦把这个意思再三的说给主教听了之后，佛兰锡就在不知不觉之中于谈话里引诱主教说了一句他所希望主教说的伤人的话。当佛兰锡和主教回到鲁先站在中央的会场的时候，已经让鲁先喝毒草药汁的人们又加倍的注意了起来。一点儿也不熟识贵族客厅的习气，可怜的诗人只知道瞧着巴尔吉顿夫人，乖强的回答乖强的问题。他不知道大部分出席的人的姓名和衔头，也不知道得用什么话和这些对他说些可耻的幼稚的话语的女人来谈论。并且他还在听见人家一忽儿叫他做查尔登先生，一忽儿叫他做吕崩柏礼先生，一忽儿听见人家叫萝萝蒂，阿德里恩，阿斯多尔夫，莉莉，菲菲茵之中觉得自己离开这些安古莲的活神仙不知几千里远了。当他把莉莉当做一位男人的名字而叫莉莉先生为残忍的徐朗赤先生的时候，这位和浓罗德一样的猎夫就用“是鲁鲁先生吗？”来诘问鲁先，使巴尔吉顿夫人的脸一直红到耳朵。

“她应当是瞎了眼睛允许他来，给我们介绍这位小先生的。”他半低着声音说。

“侯爵夫人，”淑翡玲轻声而做得让人家能够听见的样子对毕孟德夫人说，“您不觉得在查尔登先生和甘德—古瓦先生之间有极大的相同之点吗?”

“这相同是理想的。”毕孟德夫人微笑的回答。

“光荣有一些人家能够承认的诱惑性，”巴尔吉顿夫人对侯爵夫人说。“有的女人们对于伟大的依恋就好像其他的女人们对于渺小的依恋一样。”她瞧着佛兰锡加上这一句话。

淑翡玲并不懂得这句话的意思，因为她觉得她的领事官很伟大；但是侯爵夫人却站在纳斯这一边，哈哈的笑了起来。

“您很幸福，先生，”毕孟德先生对鲁先说，他叫鲁先做查尔登之后，又改了口气，叫他做吕崩柏礼先生，“您永远不会烦扰您自己吗?”

“您这是临时做出来的吗?”萝萝蒂问他，她的神气很像对一位小木匠说“您做一个木匣子得有很长的时间吗?”一样。

鲁先在这个大锤的打击之下，整个的手足不知所措了；但是他却仰起头来听见巴尔吉顿夫人微笑的回答：

“我的亲爱的，诗章不是和草长在我们院里一样的长在吕崩柏礼先生的脑筋里。”

“太太，”主教对萝萝蒂说，“我们对于上帝在他们身上放上一道光彩的这些高贵的精神应当有相当的敬重。是的，诗是一种神圣的东西。谁说诗章谁就是说苦痛。多少沉静的夜晚都值不得您所崇拜的诗句！请您用诚心来致敬诗人，诗人往往都有一个不幸的生活，然而上帝却无疑的给他在天上留下一个座位，在他的先知们之中。这位年青人是一位诗人，”他说着，用手按住鲁先的头："您没有看见印在这个额头上的薄命的记号吗？"

因为被人这样高贵的卫护，鲁先快乐得只管给主教致敬，他不知道这位庄严的司教要变成他的刽子手。

巴尔吉顿夫人给这仇敌一般的会众投去一道满充得胜的眼色，好像是许多枪刺一样，深深的刺进了她的敌人的心坎里，使他们更加癫狂起来。

"啊！主教先生，"诗人回答说，希望能够用他的金杖来敲打这些愚笨的头脑，"庸俗的人没有您的精神，也没有您的善心。我们的苦痛是人家所不知道的，没有一个人知道我们的工作。矿夫从矿中采出黄金还没有我们从最无情的语言中辛苦求得我们的印象那样的费事。如果诗的目的是在于把意念说得清清楚楚让大家都看得见觉得到的话，诗人就得不断的追随着人类的智慧阶层，因而去满足一切层级的人众；他就得在最活泼的颜色之下隐蔽着逻辑和情感这两个敌对的势力；他必得把整个的思想关闭在一个字眼之内，把整个的哲学概括在一张图像之中；总之，他的诗句是一些花朵必得在许多心中盛开的树木所生的果实，而在这些心中寻找个人情感所挖掘的痕迹。他不是必须为偿还一切而感觉一切吗？而且，强烈的感觉，这不就是苦痛吗？所以诗句只能够在思想和社会的广大的区域之中做过苦痛的旅行之后才能够产生出来。那些比真正活过的人物更有真确的生活的虚构的人类，例如吕查尔桑的克拉莉丝，陈匿埃的葛美儿，迪不尔的德莉，阿里奥斯特的安齐烈克，但丁的佛兰西斯加，莫利哀的阿尔西斯特，鲍马赤的菲加罗，斯各脱的勒柏加，塞尔王特的桂左德爵士等不就是不朽的工程吗？"

"那末，您要给我们创造什么呢？"查特利问。

"发表这一类的见解不就是要献身于寻求一张天才的证明书吗？"鲁先回答说，"并且这些高贵的创作需要长时期的社会的经验，需要对于感情，对于人类的兴味加以研究，这是我所没有做过的；但是我正在开始!”他苦楚的说，给会场投去一道报复的眼色。“脑筋可以长期的带着……”

“您的分娩一定是很困难的。”胡多瓦先生插着说。

“您那超卓的母亲能够帮您的忙。”主教说。

这句这样巧妙预备好的话，这个人们所等待的报复就在一切的眼睛之中点起了一把快乐的火焰。一切的嘴都浮出一个贵族的满意的微笑，再加上事后大笑的巴尔吉顿先生的傻头傻脑的举动。

“主教先生，您这时候未免大聪明了，这些女人们并不懂得您，”巴尔吉顿夫人说，只这一句话就强化了笑声，吸到了惊愕的眼光。“一个从圣经里得到一切灵感的诗人在教会里是有一位真正的母亲的。——吕崩柏礼先生，给我们念一念您的《巴特摩斯岛上的圣约翰》，或是您的《巴尔大沙尔的宴乐》，给主教先生指明罗马永远是拉丁诗人维尔吉尔的 MagnaPavens（伟大的亲人）。”

女人们互相交换一个微笑，听纳斯说这两个拉丁字。

在生命开端的时刻，最值得傲人的勇敢并不是没有颓唐的。这个打击最初是把鲁先送到水底去；但是他打着他的脚又重新浮到水面来，发誓要来统治这社会。正如受过一千个矢伤的雄牛一样，他愤怒的振作起来，服从路易丝的话，而宣布着：巴尔摩斯岛上的圣约翰。但是大部分的赌桌已经把那些坠入旧习去寻诗文所不能给他们的快乐的赌徒们吸引去了。还有，要给被扰搅的自尊的情绪加以报复的心如果不是用走开鲁先和巴尔吉顿夫人来表示对于本地的诗章的轻蔑就不能算是完全的。每一个人都有他所忙的事情：这一个走去和州长谈论州中的道路，那一个为着换换夜会的快乐就去讨论音乐。安古莲的高等社会觉得自己对于诗文是坏的判断员，然而却好奇的要知道拉斯迪额，毕孟德对于鲁先的意见，很多的人都跑到他们的身边来。这两个家庭对于全省的有力的影响是大社会所承认的；每一个人都妒嫉他们，然而又都逢迎他们，因为大家都看到需要他们的保护。

“您觉得我们的诗人和他的诗怎么样呢?”约克对侯爵夫人说，他常在她的地区里打猎。

“然而，以外省的诗来说，这些诗并不坏，”她微笑的说，“并且，这样美丽的一位诗人也绝不会做得不好的。”

每一个人都觉得这是可尊敬的判案，而重复的传说着，不过是加放了一些侯爵夫人所不愿意说的调皮话而已。查特利然后就被人家请去陪着巴尔塔斯先生乱奏菲加罗名曲。一旦开了音乐的门，就得倾听查特利所唱的沙都勃里昂在帝国时代所制造的武士道的浪漫曲。然后就来了两位少女的四只手所合奏的曲调，是布落沙尔夫人所请的，因为她要她的亲爱的葛美儿在塞维拉克先生的眼前大显她的身手。

受到大家对于她的诗人的轻蔑所加在她身上的伤痛，巴尔吉顿夫人就以轻蔑来回报轻蔑，当人家舞玩音乐的时候，她就跑到化妆室里去。跟着她来的是主教，主教的助理已经对他解释过他的不在意的讽刺的话语，他要来陪罪。受过诗章迷妩的拉斯迪额小姐就瞒着她的母亲遛到化妆室里来。当路易丝坐在有刺人的褥子的安乐椅中而在那里招呼鲁先的时候，她能够不让人听见也不让人看见的朝着他的耳朵说：

“亲爱的天使，他们不懂您！但是，‘你的诗句是甜蜜的，而我也喜欢反复的念读。’”

鲁先被这句妩媚的话语的安慰一时也就忘记了他的苦痛了。

“世界上并没有不花代价的光荣，”巴尔吉顿夫人拉住他的手，紧紧的握着，对他说。“您要苦痛，您要苦痛，我的朋友。然后您就可以变成伟大的人物，您的苦痛就是您的不朽的代价。我很愿意扶持挣扎的工作。上帝保证您一个没有声色没有争斗的生活，在这个生活之中鹰鸟的翅膀找不到相当的空间！我羡慕您的苦痛，因为至少您是生活着的，您！您要发展您的力量，您要希望一个胜利！您的挣扎一定是光荣的。当您走到伟大的智慧统治着的世界之中的时候，您可以忆起那些命中没有好遗传，在道德的气味的压迫之下而消灭智慧，在长时期知道生命而不能够生活，有刺人的眼睛而看不见东西，嗅觉灵敏而只闻到腐败的花味的可怜的人们。然后您可以讽咏在森林的深处被葛木和侵害他们的密丛所蔽塞，得不到太阳，没有经过繁盛而就死去的枯草！这不就是一首满充着可怕的悲哀，富有幻想的题材的诗章吗？这是描绘一个生在东方的青天之下的女郎，或是生在沙漠之中而移到西方的寒国来，叫她的太阳做爱人，死在被人误解的苦痛之中，同样的受到寒冷和爱情的压迫的女郎的一个如何美妙的图案啊！这是许多人的生活的典型。”

“您就这样的描绘了回忆上天的灵魂，”主教说，“应当古时就被人写出的诗章，我很高兴能够在赞美中看得到。”

“努力这个罢，”拉斯迪额罗尔说，表示她对鲁先的天才有一个天真的信仰。

“我们法兰西缺少一个神圣的诗艺，”主教说，“请您相信我，光荣和幸福都要归附于为宗教而工作的天才。”

“他会努力这个，主教先生，”巴尔吉顿夫人郑重的说。“您没有看见晓天的曙光已经在他的眼睛中发出光焰吗？”

“纳斯虐待了我们，”菲菲茵说，“她干什么去了呢？”

“您没有听见吗？”斯坦尼斯拉斯回答说。“她正在发表她那无头无尾的大话哩。”

阿美利，菲菲茵，阿德里恩和佛兰锡出现在化妆室的门口，陪着来找她的女儿一块儿回去的拉斯迪额夫人。

“纳斯，”两位妇人很高兴能够扰搅这化妆室的台后语，就说，

“我们很希望您能够给我们奏一两段曲调。”

“亲爱的孩子，”巴尔吉顿夫人回答说，“吕崩柏礼先生要给你们念读他的《巴特摩斯岛上的圣约翰》，一首伟大的歌咏《圣经》故事的诗。”

“歌咏《圣经》故事的诗!”菲菲茵惊愕的重复的说。

阿美利和菲菲茵带了这句话，好傲是带来嘲笑的资料一样时回到客厅里来。鲁先请求人家原谅他念读这首诗，辩解说是他的记忆不好。当他重现的时候，他不能再引起任何的微小的兴味。每一个人都在谈天或是打牌。这位诗人是被剥去了他的一切的光辉；地主们在他身上看不出任何的用处；有恶意的人们只怕他是他们的无知的劲敌；妒嫉巴尔吉顿夫人，或代理主教所谓的新的但丁的柏阿特里克斯的女人们就给他投来冷酷而轻蔑的眼光。

“原来这就是所谓社会!”鲁先对自己说着，从博刘的堡垒走下湖姆，因为生命之中总有一些时刻人们是喜欢走长路来一步一步的顺着思想的活动走的，人们要跟着这思路来放任自己。

被人拒绝的野心家的疯狂不但不会使鲁先气馁，而且还给他一些新的力量。正如一切被本能引导到一个高等而还不能够立足的社会中去的人们一样，他决定要牺牲一切去求站立在高等的社会中。他一边走着路，一边一个一个的脱去了他所接受的毒矢，高声的自言自语；他苛责他所做的傻事；他找到对付人家对他所发过的愚笨的问题的优美的答案，失望的觉得事后有这样的聪明。当他到达逶迤山下沿着查兰特河岸的保尔都大路的时候，他相信在月光的照耀之下看见爱薇和大卫坐在河岸一个工厂附近的一个椽桁之上，他就从一条小径朝着他们走去。

当鲁先在巴尔吉顿夫人家里碰着许多困难的时候，他的姐姐就穿着一件有成千的纹路的轻薄的棉布所制成的袍子，戴上她的草帽，一条丝制的披巾：这是一个可以使人相信她是打扮过的简单的服饰，好像那些有自然的伟大来提高微小的副饰的人们所做到的一样。所以，当她脱了工人的衣服，她就特别的使大卫和她亲热。虽然这位印刷者决定要对自己说话，当他伸出手臂拉着爱薇穿过湖姆的时候，他却找不出一句话来说。爱情是在这些尊敬的恐怖中自己感到快乐的，好像上帝的光荣使忠实的信徒快乐一样。这两位情人就静静的向着圣安娜桥走，要到查兰特河的左岸去。觉得这个寂寞有点拘束的爱薇就留停在桥中来欣赏河景，这条河自那个地方起一直到建筑火药局的地方上形成了一个广阔的水平面，这时刻落日正在这里投射一道喜悦的光辉。

“多美丽的黄昏啊!”她说着，一边在寻找一个谈话的材料，“空气又是温和又是凉爽，花香远播，天空壮丽。”

“一切的东西都对心坎说话，”大卫回答着，想要用类推来表达他的爱情。“在那些度着恋爱生活的人方面有一个无穷的快乐，可以在一段风景之中，空气的透明之内，地上的香气里面找到一首他们灵魂之中所有的诗章。”

“并且这诗章还允许他交谈哩，”爱薇笑着说，“您走过湖姆时是很沉默的。您知道我觉得很别扭吗……”

“我觉得您是这么美丽的，我也就愣住了!”大卫天真的回答说。

“那末，现在我就没有那么样的美丽吗?”她问他说。

“不，然而我是这么高兴能够和您一个人一块儿散步，甚至于……”

他忽然的停止了，瞧着神女大路所通行的山岭。

“如果您觉得这个散步有意思的话，我就很快乐，因为我相信我应当给您贡献一个快乐的夜会，来替换您为我而牺牲的夜会。您拒绝到巴尔吉顿夫人家里去，和鲁先冒险请求她接待您是一样的仁慈的。”

“好罢，我们坐下来罢，”大卫用手领着爱薇朝着一所制纸厂的水车脚下的一条长梁走去。

“并不是仁慈，而是乖慧，”大卫回答说，“因为苍天之下只有我们两个人在这里，除了查兰特河沿岸的芦草和溪流之外就没有其他的证人，亲爱的爱薇，让我告诉您一些鲁先目下的行径所给我产生的忧虑。刚才当我对他说那些话之后，我的恐惧，我希望在您看来应当是一个精细的友谊。您跟您母亲，您们都是尽了一切的力量来把他安置在比他的地位还要高的地方；但是，因为这激动了他的野心，您们不是不谨慎的给他许下许多大苦痛吗？他是怎么样在一个满充着他的嗜欲的世界中飘浮呢？我知道！他是生来喜欢不劳而获的。社会的责任吞灭他的时间，而时间却正是一般只有用智慧来寻幸运的人的惟一的本钱；他喜欢出风头，世界要激动他的欲望，任何数目的金钱都没有方法满足他这些欲望，他要花费金钱而不赚钱；还有，您们给他养成了自以为伟人的习惯；但是，在承认任何优胜之先，社会都要请求他的明显的成功。然而文学上的成功只能够在巩固的基础和固执的工作之中得到。巴尔吉顿夫人能够给您弟弟什么东西来回报他在她脚边所花费的那么多的日子呢？鲁先太骄傲，他不会接受她的救济，我们也知道他太穷，不能够继续来会见这双重毁人的他的社会。这位女人使他损失他的工作的嗜好之后，给他发展了奢华的嗜好，对于我们的穷生活的轻蔑，欢乐的爱好，闲荡的倾向，这诗人的放纵之后，迟早她要丢掉他的。是的，我怕这位大贵妇对于鲁先的喜悦只是和玩玩意儿一样：她或者是诚恳的爱他而使他忘记了一切，或者是不爱他而使他变成一个不幸的人，因为他是发了疯了。”

“您的话使我的心发冷，”爱薇停留在查兰特河的闸栅旁边，一边这样的说。“但是只要我的母亲还有力气来干她的苦工，只要我还活着，我们的工作所得的报酬也许够得让鲁先花费，使他能够到达他的幸运开始的时刻。我绝不会气馁，因为给一位所爱的人工作的观念，”爱薇注精会神的说，“可以解除工作的一切痛苦和烦扰。我很高兴的想着我给他受了许多苦楚的人，如果是有苦楚的话。是的，您不必害怕，我们赚的钱相当的多，够得使鲁先走到他的美丽的世界中去。那里是他的幸运的所在。”

“那里也是他的失败的所在，”大卫接着说，“听我的话，亲爱的爱薇。天才的著作的迟慢的完成需要一个相当的整个发达的幸运，或是一个穷苦生活的高度的不顾耻辱。相信我罢！鲁先要消除穷苦的生活，这是非常可怕的，他非常高兴的尝到宴会的香味，成功的烟气，他的自尊心是在巴尔吉顿夫人的化妆室里这样的长大了起来，他要企图一切，而不愿意衰微无闻；您们的工作的报酬也永远不够满足他的需要。”

“您原来只是一个假朋友，”爱薇失望的说，“不然的话，您不会这样的泄我们的气。”

“爱薇！爱薇！”大卫回答说，“我要做鲁先的一位兄弟辈。只有您一个人有资格给我加上这一个衔头，允许他接受我的一切，使我有权利用您们在您们的牺牲中所放下的神圣的爱情来献身给他，不过您还在那里给他带去一位计算家的辨别而已。爱薇，我所爱的亲爱的孩子，您应当使鲁先有一个能够用来无愧的宝库！一位兄弟辈的钱包不就是和他自己的钱包一样吗？请您想一想鲁先的新地位所给我引起的思考！如果他要到巴尔吉顿夫人家里去，他这可怜的孩子就不能够当我的经理，他就不应当住在湖姆，您也不应当还当女工，您的母亲也不应当再做她的职业。如果您同意嫁给我，让我当他的兄弟辈的话，一切问题都解决了：鲁先可以住在我家里的第三层楼，我可以给他在院子深处的侧屋上面盖一个寓所，除非我父亲不愿意我盖第三层楼以外。我们就可以这样的给他安排一个无忧无虑的生活，一个独立的生活。我要支持鲁先的欲望给我一个努力财产幸运的勇气，如果只是为我自己的话，我绝不会有这种勇气；但是我是不是能够有这献身的权利却得依据您的批准。也许有一天他要到巴黎去，因为巴黎是他可以显示的惟一的舞台，在那里他的才能可以得到人家的赞美和犒赏。巴黎的生活很高，我们三个人的生活也不至于不能够在那里维持。并且正如为您的母亲一样，难道不要给您一个辅助吗？亲爱的爱薇，为着您对于鲁先的爱情，请您嫁给我罢。以后，您看见我对于他的服务和使您快乐的努力您也许要爱我。我们两个人都没有很大的嗜好，我们不需要很多的东西；鲁先的幸福就是我们的大工作，他的心坎也就是我们放置财富情绪感觉一切的宝库！”

“风俗习惯把我们隔开了，”爱薇说，她看着这伟大的爱情如何的变成这样的渺小而受到感动。“您是富有的，我却是贫穷的。我们应当大大的爱恋才能够超过这类似的困难。”

“那末，您爱我还爱不够吗?”蹲在地下的大卫叫了起来。

“但是，您的父亲说不定要反对……”

“好，好，”大卫回答说，“如果只要问我的父亲的话，您就算是我的妻子了。爱薇，亲爱的爱薇，这一会见，您刚刚给我一个容易支住的生活。啊！前一刻我的心还带有我所不能够，我所不知道表达的笨重的情绪。我只请您对我说一声您有一点儿爱我，我就要鼓起勇气来对您说其余的话。”

“事实上您使我变成羞愧的，”她说，“但是，因为我们互相信任我们的情绪，我可以告诉您在我的一生之中我并没有想过您以外的任何其他的人。我看出您是一位女人可以骄傲许以终身的男人，我这位可怜而没有前途的女工，我也不敢希望有这样伟大的命运。”

“够了，够了，”他说着就坐在闸栅的横堑上，他们又回到这边来，因为他们走来走去，就好像疯子在同一的空间中跑来跑去一样。

“您怎么啦?”她对他说，这是她第一次表达这种女人们对于她们所归附的男子所表达的温美的忧虑。

“没有别的，只有好，”他说，“看着一个快乐的生命，精神就和迷了一样，灵魂也疲劳了。我为什么是最快乐的呢?”他用一种悲哀的表情说。“但是，我知道这原因。”

爱薇用一种需要解释的娇媚而带疑惑的神色看着大卫。

“亲爱的爱薇，我所接受的比我所贡献的还要多。所以，我爱您总得比您爱我还要热烈，因为我有更大的理由来爱您：您是一位天使，我却只是一个人。”

“我不是那么样的有学问，”爱薇微笑的说，“我很爱您……”

“也和您爱鲁先一样吗?”他插着说。

“够得做您的妻子，够得献身给您而努力在生活之中，不使您苦痛，这生活最初有点困难，但是我们可以克服他。”

“您觉得，亲爱的爱薇，自从我看见您的第一天起我就爱您吗?”

“哪一个女人不会觉出自己被人爱呢?”她问着。

“那末，就让我给您消除我那假冒的财富所给您产生的狐疑罢。我很穷，亲爱的爱薇。是的，我的父亲是以毁坏我为乐事的；他在我的工作上投下许多的机；他所做的事就好像许多假冒的恩人对于他们的受恩人所做的一样。如果我变成富有的话，这也是为着您的。这并不是一个情人的话语，而是思想家的思考。我应当让您知道我的弱点，这些弱点在一个必得努力于财富的人身上是很大的。我的性格，我的习惯，我所喜欢的工作都使我觉得做买卖和投机是不干净的，然而我们却除了经营工业之外就不能够致富。如果我能够发现金矿的话，我却简直没有办法来开发。但是为着对于您的兄弟的爱情，您是钻进了最细微的地方，您有经济的天才，您有真正的商人的忍耐，您可以收成我所种下的种子。我们的景况（我说我们，因为我好久就把自己安放在您的家庭之中）是这样强烈的压迫我的心，使我日夜的想法子来寻找一个发财的机会。我对于化学的知识，我对于商业需要的观察使我走上一条有利的发明的道路上。我还不能够告诉您，我预先看到这种发明的迟慢。也许我们要苦痛几年；但是最后我可以找出工业的步骤，追寻这工业步骤的不只是我一个人，如果我是第一个找到他的话，他就可以给我们供给一个极大的财富。我一点儿也没有告诉鲁先，因为他那热烈的性格会毁坏一切；他会把我的希望当做事实而和大贵族一样的生活着，说不定还要负债。所以请您为我严守这个秘密。有您这甜蜜而亲爱的伴侣，我可以在我长时间的努力中得到安慰，就好像要使您们，您和鲁先，变富的欲望会给我毅力和坚忍一样……”

“我也猜想到，”爱薇插着说，“您是一位和我的父亲一样需要一个贤妻的卫护的发明家。”

“所以，您是爱我的！啊！告诉我，不要怕，告诉我这个在您的名字中看出我的爱情的符号的人。爱薇（旧约所述人类的第一个女人之名）是这世界上的唯一的女人，从物质的观点来说，这话在亚当方面是真实的，就是从道德的观点来说，这在我方面也是真实的。我的天哪！您爱我吗？”

“是的，”她拉长的说着这句话，用一种姿势好像要描绘她的情绪似的。

“好罢，我们坐下来罢，”他说着，用手领着爱薇朝着一所制纸厂的水车脚下的一条长梁走去。“让我呼吸呼吸夜晚的空气，倾听雨蛙的歌声，欣赏水上荡漾的月光；让我占据这自然界的景色，我相信我的幸福是写在这自然界的一切事物上面，我第一次看到这自然界的华彩因为爱情而变成光艳，因为您而变成美丽。爱薇，亲爱的爱人，这就是命运所给我的第一个没有混杂的快乐的时刻！我不相信鲁先也有我这样的幸福。”

觉得爱薇的手潮湿而在他的手中发抖，大卫就在那里落下一滴眼泪。

“我不能够知道这秘密吗？……”爱薇用一种阿谀的声调说。

“您有权利，因为您的父亲曾经研究过这要变成非常严重的问题。原因是这样的：帝国的灭亡使棉纱的用途变成差不多大家都用的，因为这种材料比绢丝便宜。在这时候，纸还是用麻苧的破布造成的；但是这种成分太昂贵，他的昂贵也就使法兰西印刷业所必得做到的大运动延迟了。然而人家并不勉强人制造破布。破布是应用麻布的结果，然而一个国家的人口却是有限度的。人口的增加依据婴儿生产率的增加。要在人口上发生一个相当的变动，一个国家就得有半世纪的时间，在风俗习惯上，商业和农业有许多重大的革命。所以，如果制纸厂的需要超过法兰西所生产的破布两倍或是三倍，为着维持纸价的低廉起见，就得在制纸业中引用破布以外的一种原料。这个推理是依据在这里发生的一个事实。安古莲的制纸厂，最后用绢丝破布制纸的制纸厂已经看着棉花可怕的侵略到纸浆里来了。”

为着回答这位不知道什么叫做纸浆的女工所发的问题起见，大卫就给她指示许多关于制纸业上的学识，是在一个因为制纸和印刷而存在的工作里所不能不知道的；但是在这位情人和他的情妇之间的一篇悠长的解释里无疑的可以于撮要的简述中省却许多的篇幅。

做了印刷业的基础，和印刷业有同样伟大的作用的产物纸，很早以前就存在于中国；当他在商业上不知不觉的流传到小亚细亚来的时候（一部分的传统认为是纪元七百五十年左右），人们所用的都是一种用棉花研末捏拌所制成的纸。用别的东西来代替价格过高的羊皮纸的必要使人在摹仿朋比西纸中（这是东方人叫棉制纸的名字）发明了布纹纸，有的人说是一一七〇年希腊的逃亡者在巴黎发明的，有的人说是一三〇一年一个意大利人名叫巴克恩的在巴都发明的。所以，制纸法的改良是很慢的，他的历史也是很模糊的；不过我们却知道得清清楚楚在查礼六世的时候，人们已经在巴黎制造做纸牌的纸浆。当不朽的浮士德，高士特和古登堡发明印书的时候，一些工匠正如那时代的其他大艺术家一样的不知名的工匠，就使制纸厂能够适合活字印刷的需要。在这有生气而幼稚的十五世纪之中，各种大小不同的纸样的名称正如各极不同的字体的名称一样，都可以给我们带来当时的幼稚的痕迹。例如葡萄纸，耶稣纸，鸽笼纸，瓶罐纸，钱形纸，蛋壳纸，王符纸等等都是由于这纸张中间所印的葡萄状，耶稣救主人像，王冠，厄古钱，瓶罐的图像而名的，正如后来在拿破仑时代人家在纸张中间印上鹰鸟的图像因而就被人家叫做大鹰纸一样。同样的，人家把礼节小册和西塞郎的神学著作上的字体叫做西塞郎字体，圣奥古士丁字体，大炮字体，因为这些字体，最初是印在这些书籍上面的。意大利字体是阿尔德公司在威尼斯发明的，也正是因为这个道理，人家就叫他做意大利字体。在长度没有限制的机器纸的发明之前，最大的纸张就是大张耶稣纸和大张鸽笼纸，后者大半只是用在印刷地图和雕刻图像的。事实上，印刷用纸的大小是以印刷机的石板的大小为标准的。在大卫谈论这个问题的时候，连卷纸的存在在法兰西还是一种怪物，虽然埃松的登尼斯·罗伯尔已经在一七九九年左近发明了制造这种纸的机器，是从来迪多—圣勒志所想法来继续改良的。白色牛皮纸只是一七八〇年迪多·安勃尼瓦斯所发明的。这快速的简述可以使人确信一切的工业和智慧的大收获都是非常迟慢的，都是看不见的努力的结合，和自然的变迁完全一样。为着到达完全的地步，文字（甚至于语言）和活字印刷和制纸业有同样的摸索。

“破布商人在整个欧洲中收集破布，旧麻，收买一切种类的布帛的废物，”这位印刷者结束的说，“这些废物依类选拔，堆积在供给制纸厂的破布商人的栈房里。为着使您对于这个买货有一个印象起见，您应当知道，小姐，在一八一四年，布慈和兰格利（伊尔的黎奥里尔就是在这里自一七七六年起试验着您父亲所要解决的问题）的酒桶业主银行家卡尔登曾因为价值四百万佛郎的一千万磅的破布中错了二百万磅而和一位布鲁斯特爵士打了一场官司。制造家洗涤这些破布，把他们做成明亮的捏料，和厨夫把羹汤倒在筛器上一样的倒在铁框里，这铁框叫做模型，模型里边填满着一个金属的织物，中间是金属的线纹，我们所谓的‘纸纹’也就是因此而名的。纸的大小是依据模型的大小而定的。当我在迪多公司的时候，人家就已经在研究这个问题，现在还在研究，因为您父亲所寻求的改良是这时代的一个最急切的需要。这就是我所要说的道理。虽然绢丝的耐久和棉纱比较起来结果是绢丝还要比棉纱便宜，然而医为这是要穷人从腰包里掏钱的问题，他们宁可拿出少数的钱，而忍受事实上的大损失。中产阶级是和穷人一致行动的。所以绢丝就不流行了。在英吉利，五分之四的居民都用棉纱代替绢丝，人家已经只制造棉料的纸张了。这种纸本来就不容易切断和扯破，同时却容易在水中溶解，结果是一本棉制纸的书放在水里就变成捏料而保持一刻钟，然而一本旧书却能够保持两个钟头而不至于损坏。人们可以再把书来晒干，虽然变成黄色，结粘了，但是书还可以念得出来，这著作也就不至于毁灭了。我们到了因为财富的平均而变穷的时代，一切都要变穷一点；我们所要的是价格便宜的布帛和书籍，就好像现在的人因为没有地方挂大图画就开始要小幅图画一样。衬衫和书籍都不能够耐久，如此而已。产品的坚固性整个的跑光了。所以要解决的问题是为文学，为科学，为政治而有的最重要的问题。有一天在我的书房里，大家曾经有过一次热烈的辩论中国用以制纸的成分。在中国，自从会制纸以来，因为原料的关系，制纸业到达了一个完善的程度，是我们所没有的。于是，人家就对中国纸加以大大的研究，中国纸的轻薄，精细，都比我们的纸强，因为这些珍贵的性质并没有阻止他不让他有耐久性；而且不论如何薄，他却并不透明，一个非常有学问的校对员，（巴黎的校对员的学问是很好的；浮里尔和勒怒·彼得这时候正在拉慈瓦迪尔公司当校对员！）暂时当校对员的圣西门公爵正在我们讨论的时候来看我们来了。他就告诉我们根据甘菲尔和哈尔德的说法，中国人是以楮桑为制纸的原料，这也是一种植物，而且是和我们所用的一样。另外一位校对员坚持的说中国纸多半是用一种动物的出品，丝来做原料的，这丝在中国却是汗牛充栋的。他们就在我的面前打赌。因为迪多公司是研究院的印刷人，这辩论很自然的就提到这个学术团体的几个会员上面去。被派为判断员的前任皇家印刷局局长马西尔先生就把这两位校对员转送到阿尔生那尔图书馆馆长格罗齐尔教士面前，格罗齐尔教士判断的结果，这两位校对员就输了东道。在中国，人家既不是用丝，也不是用楮桑来制纸；他的纸浆是来自捣碎的竹片的。格罗齐尔教士有一本中国书，是一本插图的技术书，这书里边有很多的图画，表示制纸的各方面的方法，他指给我们看一大堆竹茎画在一个工场的一角，是用一张非常好的纸画成的。当鲁先告诉我您的父亲因为他的天才的直觉臆测有一种方法可以用非常普通的植物来代替破布。这植物是直接的土地的生产，好像中国人利用纤维质的竹茎一样，我曾把前辈的人所做过的试验都归了类，我最后也就开始来研究这个问题了。竹是一种芦苇之类的植物，我自然就想到我们国家里的芦苇。中国的手工不花什么钱，一天的工资只值三苏钱；所以中国人能够在纸形模像之后把纸一张一张的在烧热的白色的瓷板中间压着，这样一来他们的纸就有了这种光泽，耐久，轻薄而柔软的性质，和绸缎一样，使他变成世界上最好的纸。好，我们得用机器来代替中国人的方法。我们可以用机器来解决中国人可以用手工的贱价所引起的问题。如果我们可以用低廉的价格制造和中国纸同样性质的纸张的话，我们至少可以减低书籍的一半的重量和一半的厚度。一部装订好的福尔泰尔的著作，用我们的白色牛皮纸印，有二百五十磅的重量，用中国纸印只有五十磅。这里一定有便宜可得。在这一切的东西一切的人物（甚至于居处）都缩小了的时代里，图书馆所需要的空间将要变成最难解决的问题。在巴黎，大旅馆大寓所迟早总要破坏的；不久我们也就找不到和我们祖先的建筑相调和的财富了。我们这时代印了许多不耐久的书籍，这是多么耻辱的事啊！再十年，荷兰纸，即绢丝褴褛所制的纸张，将要变成完全不可能的。然而，您的弟弟告诉我您父亲要用植物的纤维来制造的意见；您可以看出：如果我成功的话，您就有权利来……”

正在这个时刻，鲁先走近了他的姊姊，打断了大卫的仁慈的提议。

“我不知道到底您觉得这个夜会美不美，”他说，“但是在我方面，这夜会却太残酷了。”

“可怜的鲁先，您到底碰着什么事呢?”爱薇说着，注意到她弟弟脸上的气愤的颜色。

愤慨的诗人给他们叙述他的忧虑，给这个友爱的心坎倾吐攻击他的思流。爱薇和大卫默默的听着鲁先，苦恼的看着鲁先的伤痛，这表现他的伟大同时又表现他的渺小的伤痛。

“巴尔吉顿先生是一位老头儿，”鲁先结束的说，“他迟早要因为消化不良而死，那末，我也就可以统治这骄傲的社会了：我就可以娶巴尔吉顿夫人了！今天晚上，我会在她的眼睛里读到和我所有的同等的爱情。是的，我的创伤，她是感觉到了；我的苦痛，她给我安慰了；她是和她的美丽温存同样的伟大高贵的，不，她绝不会出卖我!”

“这不是得使他有一个平静的生存的时刻吗?”大卫低声对爱薇说。

爱薇默默的压着大卫的手臂，大卫懂得她的意思，就急促的把他所想过的计划跟鲁先解说。两位情人对于自己的忧心如焚就和鲁先对于自己的躁急一样；结果，急着要让人赞同他们的幸福的爱薇和大卫就一点儿也没有看到巴尔吉顿夫人的情人听到他的姊姊要和大卫结婚的时候所表露出的惊愕。鲁先梦想着将来抓住高越地位的时候要利用他的姊姊来结成一个优美的姻缘，因而能够利用有权势的家庭所给他带来的利益去支撑他的野心；听了这个消息，他很失望的在这个婚姻之中看到一个防止他在社会上的成功的障碍。

“如果巴尔吉顿夫人同意变成吕崩柏礼夫人的话，她绝对不愿意当施且尔·大卫的内嫂!”

这句话正表现着伤痛鲁先的刺心的思想所有的清楚而正确的形式。

“路易丝想得对，有前途的人从来都是他们的家庭所不了解的，”他苦痛的想。

如果这个配合不是在他幻想已经杀死巴尔吉顿先生的时刻让他知道的话，他一定要发出最强烈的快乐的欢呼。想着他的实际的景况，闻到一位美丽而没有财富的少女，查尔登·爱薇的命运的时候，他应当把这个婚姻看做意外的幸福但是他却是生活在一个多数骑在‘如果’之上穿行一切障碍物的青年人所有的黄金色的梦幻里。他刚在想象自己统治社会；诗人因为这样快的堕落在现实之中而觉到苦痛。爱薇和大卫都以为他们的弟弟是因为受到重大的慈心的压制而默然不语。在这两位有美丽灵魂的人看来，默认可以证明一个真正的友谊。印刷家就开始用温和而恳切的流利的语词来描写那正在等待他们四个人的幸福。顾不得爱薇的控诉，他要用一位情人的奢侈来配置他的第二层楼的家具；他要用他那天真的善意来给鲁先添盖第三层楼，而在侧室上面另筑一层，让查尔登夫人居住，他要对他们的母亲尽一切的孝道。总之，他要使这家庭变成这样快乐的，要使他的内弟变成这样独立的，甚至于这位被大卫的声音和爱薇的妩媚所昏迷的鲁先就在沿着平静而光艳的查兰特河岸的路中的树荫里，在满天星斗之下，在这凉夜的空气之中忘记了这社会在他头上给他戴上的刺冠。吕崩柏礼先生最终向大卫致谢了。他那容易改变的性格不久又把他重新投进他所度过的纯粹的，勤紧的中产阶级的生活里，他看见生活的美丽化和无忧无虑。贵族社会的声音渐渐的远离了他。最后，当他到达湖姆公路的时候，这位野心家就拉着他的姊夫的手，和这两位情人站在一边。

“只要你的父亲不反对这个婚姻？”他对大卫说。

“你知道他到底管不管我！这老头儿只是为自己而生活的；但是我明天要到马尔萨克去看他去，不过这也只是要他来给我们建筑我们所必要的房子而已。”

大卫陪着这姊弟二人一直走到查尔登夫人家里来，用一个不愿意有任何迟误的急迫来向她请求同意他和爱薇的婚事。母亲拉了女儿的手，快乐的把这手放在大卫的手中，这位壮了胆的情人就吻着他那美丽的未婚妻的额头，爱薇也就红着脸对他微微的一笑。

“这就算是穷人的婚约了，”这位母亲说着仰起眼睛，好像要恳求上帝的祝福似的。“您有勇气，我的孩子，”他对大卫说，“因为我们都是落魄的，我怕我们的不幸会传染到您的身上来。”

“我们将来要变成富裕的，有福气的，”大卫沉重的说。“第一步，您不要再干您的看护妇的职业了，而且您可以和您的女儿跟鲁先一块儿到安古莲来居住。”

于是，这三位孩子就急迫的告诉这惊愕了的母亲他们所有的伟大的计划，大家发疯一样的开谈，好像在家庭里当人家把一切的播种都上了仓库的时候预先的享受一切的快乐一样。她们得送大卫出门了；不然的话这夜会简直是完不了的。当鲁先陪着他的将来的姊夫回去，一直送他到巴勒门的时候，刚刚好打了早晨一点钟。忠厚的步斯特尔对于这些异常的举动甚觉不安，他就站在百叶窗的后面；他开了十字窗，看见爱薇房中这时候还有灯亮，就自言自语的说：

“查尔登母子家里到底出了什么事呢？——我的孩子，”他看见鲁先回来就这样的说，“您们到底有什么事情呢？您们需要我帮忙吗？”

“不，不需要，”诗人回答说：“但是，因为您是我们的朋友，我可以告诉您我们的事情：我的母亲刚把我的姊姊许给施且尔·大卫。”

步斯特尔一言不答的突然关上了他的窗户，他懊悔没有要求过查尔登小姐的婚事。

大卫没有回安古莲，他取了马尔萨克的路。他在他父亲的土地中散步着，当太阳东上的时候，他就走到屋边的篱园。这位迷在情网中的人在一棵杏树之下看见老熊的头露出篱上。

“您好，父亲，”大卫对他说。

“噢，原来是你，我的孩子！你怎么这个时候在路上跑呢？那边进来罢，”这位葡萄种植人一边说着，一边给他的儿子指示透光的小门。“我的葡萄都开过花了，连一条冻坏的葡萄根都没有！今年每亩总可以收到二十桶以上；但是这也是加过肥料的！”

“我的父亲，我来跟你谈一桩重要的事情。”

“好罢，你的印刷机怎么啦？你应当赚到了和你一样粗大的钱罢？”

“我将来总可以赚到大钱，但是现在我还不富。”

“这里，他们都骂我用太多的肥田粉，”这位父亲回答说，“中产阶级的阔老们，就是说侯爵先生，公爵先生，这位先生啦，那位先生啦，他们都说我把酒的质料动摇了。教育有什么用处呢？就是要扰乱您的悟性。你听！这些先生们每亩只收到七桶，有的时候八桶，每桶售价六十佛郎，最好的天年每亩也更多不过得到四百佛郎。我呢，我可以收成二十桶，每桶售价三十佛郎，总数六百佛郎！幼稚在那儿呢？质料！质料！质料跟我有什么相干呢？让他们侯爵先生们去保守这质料罢！在我，钱就是质料。你说？……”

“父亲，我要结婚，我来请求您！……”

“请求我？什么！不，什么也没有，孩子。结你的婚去罢，我不反对；但是给你一些东西，我却一个钱也没有。工钱把我毁了！两年以来，我预付工钱，预交税额，预给一切种类的花费；政府把一切都拿去了，最可靠的东西都跑到政府里去！所以两年之中，可怜的葡萄种植人是什么也得不到的。今年还不坏，好罢，我的大桶已经值得十二佛郎！人家是要替桶匠收成的。你为什么要在收成葡萄之前结婚呢？……”

“父亲，我只是来请求你的同意而已。”

“啊！这是另外一回事。你要跟谁结婚呢？不是好奇的举动罢？”

“我娶查尔登·爱薇小姐。”

“什么？她是吃什么饭的呢？”

“她是已故湖姆地方的药师查尔登先生的小姐。”

“你娶一位湖姆人的姑娘，你，你这个中产阶级的人！你，你这个安古莲的王家印刷人！这原来就是教育的结果！所以，你们就请把你们的孩子送到学堂里去罢！啊，那个！她是很富的，是不是，我的孩子?”老葡萄种植人说着，用一种阿谀的神气走近他的儿子：“因为如果你娶了一位湖姆的姑娘，她一定是有几千几百的！好！你就可以付还我的租钱了。你知道，孩子，你还短我两年零三个月的房租，一共两千七百佛郎，这刚刚好够得付我的桶账。如果不是我的儿子的话，我还有权利来请求付给利钱哩，因为，事情终究是事情；但是我不要你的利钱。好罢，她有什么东西呢?”

“但是，她所有的就和我母亲所有的一样。”

老葡萄种植人想要说：“她只有一千佛郎!”但是他记起他曾对他儿子拒绝把这项款记在账内，就叫起来说：

“她什么也没有!”

“我母亲的财富就是她的智慧和她的美丽。”

“那末，你就带这个到市场去罢，你也就可以看见人家要给你的是什么了！我发誓，做父亲的都是为儿女而不幸！大卫，当我结婚的时候，我的一切财产就是头上的一顶纸帽和我的两条臂膀；我是一位穷‘熊’；但是，有了我所给你的这个美丽的印刷所，有了你的工业和你的学识，你应当娶一位城里的中产阶级的女子，一位富有三四万佛郎的妻子。放下你的爱情罢，我要给你娶亲，我！在这一里地有一位三十二岁的寡妇，营磨粉业的，她有十万佛郎的地产；这才是你的事情。你可以把她的产业和马尔萨克的业产连在一起；这两块产业是互相毗邻的。啊！这是我们所要有的美丽的土地，而且我也可以来管理他！人家说她要跟她的大徒弟古尔多瓦结婚，你比古尔多瓦还要值钱！我可以管理磨坊，她也可以在安古莲出出身手。”

“父亲，我已经订了婚了……”

“大卫，你一点儿也不听这个好买卖，我看你是毁了。是的，如果你和这位湖姆的女子结婚的话，我对你就要讲规矩了，我要你付还你所欠我的房租，因为我看不到你有什么好结果。啊！我的可怜的印刷机！我的印刷机啊！没有钱就不能够给你们加油，来维持你们，来使你们转动。只有好天年能够安慰我。”

“父亲，我觉得一直到现在为止我并没有给你多少的苦头吃。……”

“同时也没有给过多少的房租，”这位葡萄种植人回答说。

“除了同意我的婚姻以外，我还来请求你给你的房子盖上第三层楼，再在侧室上面盖上一个寓所。”

“哎！我哪里有钱，你知道。并且，这也是等于把钱扔在水里，因为这能够给我带回什么利益呢？啊！你早晨起得这么早就是为的来向我做一桩可以毁灭国王的事，来盖这些房子。虽然我给你起了这个名字，大卫，我却没有所罗门王那么多的宝库。可是，你疯了，大家把我的儿子换去给他当供给食物的人。这里是一个能够供给葡萄的！”他自己打断自己，给大卫指着一条葡萄根说。“这些才是不使父母失望的孩子哩！您给他们加肥料，他们就给您生息果子。我，我给你送到学堂去念书，我为你花了不少的钱，要使你变成一个学者，你到迪多印刷所去研究，然而这一切我所给你的涂金结果却只给我带来一位湖姆的姑娘做我的儿媳妇，一个子儿的嫁资也没有！如果你没有念书，你就得留在我的眼光之下，你就得依照我的想法举动，你今天也就要跟这位经营磨粉业而有十万佛郎的寡妇结婚，还没有算到她的磨坊。啊！你的希望使你相信我会为着你的美丽的情感而补偿你，给你盖些宫殿？……但是，人家事实上也不会说二百年以来你现在的房子只居住过猪猡，你的湖姆的姑娘不能够在那里睡觉。啊！这个姑娘！她难道是法兰西的女王吗？”

“算了罢，父亲，我要用我自己的钱来建筑第三层楼，现在是儿子来使父亲加富了。虽然这是和世界上的习惯相反的，但是有的时候这种事也是看得见的。”

“怎么，孩子？你有钱盖房子，没有钱付房租吗？坏儿子，你要跟你父亲耍滑头！”

所以，问题就变成不容易解决的了，因为这老头儿很高兴把他的儿子放在不必使他破费任何东西的地位中，而一切却显得非常的有父道。大卫于是只能够在他父亲得到一个简简单单的婚姻的允许和在他的父亲房子里用自己的钱来建筑他所需要的住处的许诺。这位老熊，这位守旧的典型的父亲就给他的儿子特别开恩，不强索他的租钱，不干涉他所忽视的儿子的经济的设施。大卫又变成悲哀的：他懂得在不幸的时候绝对得不到他的父亲的援助。

全安古莲城没有别的问题谈论，大家都在传诵主教所说的话和巴尔吉顿夫人的回答。这些小小的事情是这么样的越传越改变，越放大，越美丽化，结果这位诗人也就变成了时代的英雄了。这风波是在上等社会的范围中发出的，而在中产阶级社会中落下了几点雨水。当鲁先经过博刘想要到巴尔吉顿夫人家里去的时候，他察觉到许多年青人的羡慕的注视，同时也听到了一两句可以使他骄傲的话语。

“这是一位幸福的青年，”一位名叫柏提—克罗的法律公证人这样说，他是鲁先中学时代的同学，那时候鲁先常常对他表现出一种小小的保护者的神气，他是很丑陋的。

“那还用说吗！他是一位美男子，他有天才，巴尔吉顿夫人对他都发了疯了。”一位曾经参加听鲁先念诗的贵家子弟回答说。

他忍不住的等待着可以单独找到路易丝的时刻；他需要请求这位女人赞同他的姊姊的婚姻，因为这位女人已经变成他的命运的主宰了。在前夜的夜会之后，路易丝也许要变成更温柔的，这种温柔能够使他有暂时的幸福。他并没有弄错：巴尔吉顿夫人特别重情的接待他，在这位没有情场经验的人看来，似乎是有动人的情绪的进步。她把她那黄金色的美丽的头发，她的手，她的头让给诗人去狂热的接吻，这位诗人在前夜是受过一切的苦痛的！

“如果当你念诗的时候你看见了你自己的脸孔的话！”她这样的说，因为前夜当鲁先在安乐椅中用他的雪白的手拭过流在她那戴着冠冕的额头上面的汗珠的时候，他们已经走到用亲热的口气“你”而不用客气的口气“您”来互相称呼的地步了。“你的两个美丽的眼睛是有光亮的！我看见从你的嘴唇中吐出把心挂在诗人口上的金链。你得给念读全部的陈匿埃，他是情人们的诗人。你不要再苦痛，我不要他！是的，亲爱的天使，我要给你盖上一所安乐宫，你可以在那里一辈子轮流的度着你那活跃的，温柔的，无知觉的，勤紧的，幽思的诗人的生活；但是永远不要忘记您的荣誉都是我给您做出来的，不要忘记这在我是忽然而来的苦痛的高贵的赔偿。可怜的亲爱的孩子，这世界不会比宽赦你更宽赦我；世界上的人要向占有他所没有的幸福的人报复。是的，人家要永远妒忌我，昨天您难道没有看见吗？这些吸血虫不是很快的跑到他们所叮破的地方去吸血吗？但是我是幸福的！我活着！我的心弦好久没有响动过！”

路易丝的双颊满流着眼泪；鲁先拉住她一只手，而为着回答她的柔情，就长时间的吻着这只手。这位诗人的虚荣心就这样的受到这位女人的摸抚，正如受到他的母亲，他的姊姊，大卫的摸抚一样。围绕他身边的每一个人都提高了他所站立的理想的注脚。受到大家的恭维，朋友和敌人的维持，迷在他的野心的信仰之中，他就在一个满充着海市蜃楼的空气中踏步向前。年青人的幻想很自然的是这些夸奖和意见怂恿出来的，一切都紧迫的来服侍这位美丽而满充着前途的希望的青年，所以为着要消灭这些幻影起见，一个苦楚而冷酷的教训是不够的。

“美丽的路易丝，你的意思是要做我的柏阿特里克斯，不过是让我爱恋的柏阿特里克斯罢了，是吗？”

她仰起她所低下去的眼睛，用一个天使一般的微笑去否认他所说的话：

“如果您觉得配的话……以后再说罢！您不是很幸福吗？有一个属于自己的心！能够说确信可以被人了解的一切的话，这个就是幸福吗？”

“是的，”他回答说，伸出嘴唇，做出一个受到逆意的情人的悻悻的态度。

“孩子！”她开玩笑的说，“算了罢，您不是有话跟我说吗？你是匆忙有事的样子进来的，我的鲁先。”

鲁先很懦怯的告诉他的爱人大卫如何的爱恋他的姊姊，他的姊姊又如何的爱恋大卫，又说到他们所计划的结婚。

“可怜的鲁先，”她说，“他怕让人打，让人骂，好像自己要结婚一样！但是有什么怕的呢？”她接着说把手伸进鲁先的头发中。“你是你家的一个例外，你的家庭和我有什么相干？如果我的父亲娶了他的丫头的话，你也非常不放心吗？亲爱的孩子，情人眼里只有自己才是他们的整个的家庭。在这世界之中，除了我的鲁先之外，我还有其他的兴趣吗？你应当做一个伟大的人物，你应当知道获取光荣，这才是我们的事业！”

鲁先是世界上最喜欢听这种自我主义的回答的人。正好当他倾听路易丝给他证明他们是世界上独一无二的人物的疯狂的理由的时候，巴尔吉顿先生进来了。鲁先皱着眉头，好像被人禁止说不出话一样；路易丝给他做出一个暗号，同时又约他留在家里和他们一块儿吃晚饭，请他给她念读陈匿埃·安德利的诗，一直等到赌徒和串门客都降临到家里来。

“您不但要使她高兴，同时也得使我快乐。”巴尔吉顿先生说。“什么也不会比饭后听您念诗更有意思。”

受了巴尔吉顿先生的恭维，受了路易丝的阿谀，受了家仆用对待主人的宠臣所用的尊敬来伺候他，鲁先留在巴尔吉顿公馆里，享受了让他有使用受益权的财富的一切的欢乐。当客厅里满充着客人的时候，他很强烈的感觉到巴尔吉顿先生的傻气和路易丝的恩爱，他甚至于摆起他的情妇所给他鼓起的统治者的神气。他尝到了纳斯所征服而喜欢和他共享的快乐的滋味。总之，他在这个夜会中尽量的扮演着这个小城市的英雄。看到鲁先的新的态度，有的人就想他和巴尔吉顿夫人是古代人所谓的走到了最后的阶段了。阿美利和查特利一块儿来，她在一般妒嫉和羡慕的人所聚集的客厅的一角上给大家证明这个大不幸。

“这位小青年非常骄傲能够在这个他怎么也想不到能够进来的社会中鬼混着，他的骄妄不能归咎到纳斯身上，”查特利说。“您们没有看见这位查尔登为着贪心进取而说了许多交际花所说的那样袅娜的话吗？他还不知道分别真正情绪所保守的沉静和他的美丽，他的青春，他的才干所让他说的保护者一般的言词。如果使我们有许多欲念的女人们是有罪的话，她们就要得到人们的太多的怨恨了。没有问题的，他是堕入情网了，但是，说到纳斯……”

“噢！纳斯，”没有信义的阿美利回答说，“纳斯有这个感情，她是非常幸福的。在她的年纪，一位年青人的爱情有许多的诱惑性！在他身边，人家会返老还童，人家会装做年青的少女，人家满心狐疑，人家装做有礼貌，人家不愿人们的嘲笑……您们瞧罢！一位药师的儿子居然在巴尔吉顿夫人家里摆出主人的架子！”

“爱情并不认识这一类的距离。”阿德里恩歌唱着。

第二天，在安古莲城中没有一个家庭不讨论查尔登先生，又名吕崩柏礼先生，和巴尔吉顿夫人的亲密的程度；好不容易有几个非法的接吻，社会就已经责备他们有最恶劣的欢乐。巴尔古顿夫人受了她的王国所加在她身上的苦恼。在这社会的奇形怪状之中，您难道没有注意到她的判断的偏私和她的举动的疯狂吗？在有一些人看来，一切东西都是可以的，他们可以做出最没有道理的事情；他们所做的事情都是合礼的；他们可以解释他们的行动。但是还有一部分的人，在他们看来，世界是想象不到的严厉：他们要一切的行动都是善良的，绝不要错误，绝不要失败，甚至于不要说出一句笨话；您可以说会因冬天而堕指或断鼻的人们所敬仰的塑像是如何的被人从柱脚上摇动而倒了；人们却不允许他们有任何人道的举动，他们都要保持其神圣和完全的性格。巴尔吉顿夫人对于鲁先的一个简单的眼色就等于淑心和佛兰锡所有的十二年的快乐。两位情人之中的一个拉手就可以给他们吸引全查兰特河的灾祸。

大卫从巴黎带回一个秘密的贮金，他要用他来作为他的结婚的费用，在他父亲的房子里加盖第三层楼的必要的用款。放大了这间房子，这不是为他而工作吗？但是早晚这房子总要回到他的手里来，他的父亲已经七十八岁了。这位印刷家于是就给鲁先盖了立柱式的寓所，因而使这所破房子的老墙不至于载上过度的重量。他很高兴的装饰，很漂亮的布置第二层楼的寓所，因为美丽的爱薇就要在这里来生活。这是这两位朋友的愉快而没有混合其他成分的幸福的日子。虽然微贱的外省生活是懈怠的，把一个一百苏的银币看做大数目的贪鄙的经济生活是倦人的，鲁先却没有埋怨的忍受这悲惨的计算和生活上的缺乏。他的黯淡的悲哀已经让位给神采奕奕的希望的表情。他看见在他头上有一颗天星在发亮；他梦想着一个美丽的生活，而把他的幸福安放在巴尔吉顿先生的坟墓上，巴尔吉顿先生不时不时的有消化不良的毛病，他并且有一种奇癖，认为他的餐宴的消化不良必得用晚餐的消化不良来疗治。

九月初旬的时候，鲁先已经不是印刷所经理了，他是吕崩柏礼先生，和这位小查尔登住在湖姆有天窗的悲惨的房顶楼相比较，他的住所是伟大的了；他已经不是一个湖姆人了，他是住在安古莲高城的，而且每星期差不多在巴尔吉顿夫人家里吃四次饭。因为主教的交情他也能够进入教区了。总之，他应当有一天能够在法兰西的名人中占一席地。的确，当他在一个温雅的客厅中，一间美丽的卧室内，一个满充着意味的书房里行走的时候，他能够自己安慰自己每月从他的母亲和姊姊那样艰苦得来的工钱里取用三十佛郎，因为他看到有一天他两年来所著述的历史小说《查礼九世的弓手》和他的诗稿《群芳集》能够把他的名字传布在文艺界中，他也就可以得到相当多的钱来偿还他的母亲，他的姊姊和大卫。这样的自以为是了不得，自己侧耳去倾听他的名字在将来的响亮，现在他就用一种高贵的信心来接受这些牺牲：他对他的穷乏微笑，在他的最后的悲惨中寻快乐。爱薇和大卫以他们的兄弟的幸福为前提的，把他看做是在他们的幸福之前。结婚的佳期因为工人们需要完工第二层楼的家具，油漆，和裱褙的纸张而延期了，因为鲁先的事是占第一位的。无论哪一位认识鲁先的人都不会奇怪这种忠诚。他是这样迷人的！他的举止是这样妩媚的！他的急躁和他的欲望是这样温和的说出来的！他在说话之前都是已经想好他的理由的。这种不可避免的天性毁坏了青年人是在其救护青年人之上的。很多伟大的儿童都因为习惯于美丽的青春所给他们灵感的迎合人意，因为高兴能够看见社会给一个他所喜欢的人自我主义的保护（好像社会因为一个叫化子能够引起他的情感，能够给他一个情绪，而施济一样），来享受这种好处，而不去开发。在感觉和社会关系上受到变动的欺骗，他们总以为是碰到欺人的微笑；但是当社会把他们丢在客厅门外，地界的角落里的时候，他们就变成两袖清风，一文莫名，被人剥夺的人，没有价值，也没有财富，就好像老妖精，年老的褴楼不堪的穷鬼一样。

爱薇有意的让这结婚延期，她要经济的设置这小家庭的必需品。看见他的姊姊在工作就用一个从心坎里出来的音调说：“我很想学做针线活，”这两位情人能够拒绝鲁先什么呢？然后，沉着而富有观察力的大卫也就参加了这忠实的献身的工作了。然而自从鲁先在巴尔吉顿夫人家里得到胜利之后，他就怕鲁先的变心；他怕看见鲁先轻蔑中产阶级的习尚，为着要训练他的兄弟起见，大卫有的时候就把他放在家庭的乐处和大社会的快愉之中，当他看见鲁先为他们而牺牲虚荣的享受的时候，他就叫起来说：“人家不会给我们把他弄坏！”这三位朋友和查尔登夫人举行了好多次的快乐的游憩，正如外省人所做的；他们到安古莲附近查兰特河沿岸的森林中散步；他们在草地上吃嚼大卫的学徒在某一适当的时刻给他们带到某个地点的食品；然后，他们就于晚上回来。有点疲倦，但却花不到三个佛郎。遇有大喜庆的日子，他们就到所谓‘饭店’去吃饭去；这是介于外省的小馆子和巴黎的大饭馆之中的一种乡下的饭店，他们甚至于花到一百苏，是由大卫和这几位查尔登来分摊的。大卫有意的要使鲁先在这些野游的日子里忘记他在巴尔吉顿夫人家里所找到的满足和大社会的盛馔。所以每一个人都要庆贺安古莲的伟人。

在这些猜侧之中，当这将来的家庭什么也不缺乏的时候，正当大卫到马尔萨克去请他的父亲来参加结婚典礼，希望这位老头儿看见美丽的儿媳妇就会给他拿出修理房子的费用的时候，一个可以改变小城市的面目的事态就发生了。

在鲁先和路易丝身边有一位接近的侦探，查特利。查特利是用情妬和吝啬渗合在一起的坚固的愤恨来探伺一个发作的机会。查特利要挟住巴尔吉顿夫人去正式发表她对鲁先的态度，因而使人认为她是一个‘毁灭’了的女人。他自称为巴尔吉顿夫人的谦虚的心腹，给她提这个议；但是，如果他在明拿慈街钦佩鲁先的话，他却在别的地方到处毁坏他。他在不知不觉之中得到纳斯的小信仰，纳斯也就不再狐疑她的老朋友了；但是他却过分的猜测这两位尚在纯洁的爱情之中的人是真正的情人，这使鲁先和巴尔吉顿颇为失望。事实上，有许多的感情可以承当好事和坏事，随人的便。常常是两个人都投进情感的战术之中，然而却只是空谈而不实行，只是当场打仗而不设放暗阱。他们就这样的常常伤毁自己，而觉到空想的疲倦。两位爱人于是就花费时间来考虑，来批判。走上战场，张起美丽的旗帜而有可以推翻一切的热烈的感情，结果往往是各回各的家，没有胜利而耻辱的被解除武装，做了许多没有结果的傻声音。这些命运可以用青年人的懦怯和挑拨情窦的妙女人的有意的拖延日期来解释，因为这种相互的欺骗结果既做不到懂得实际生活的自负，也做不到惯于管束感情的娇媚。

并且外省的生活本质上是不赞同人家讲恋爱，而是鼓励人家用理性来辩论感情。同样的，人们所给结连情人的温柔所加的障碍也就加速的使热情的灵魂走到极端。这种生活是基础在这样多疑的侦查，这样明显的内心的表达之上的，他不允许人家有多少可以不妨碍道德而能互相安慰的亲密，最纯洁的关系是这样没有道理的在那里被人家责骂，甚至于许多无罪的女人都被人家弄得萎谢了。一部分的女人就愿意下去尝味错误所产生的一切的快乐，因为由于这错误所得到的不幸总要压迫他们。没有经过严格的查察就乱加责骂，乱加批评，那些长时间的密斗所产生的最后的明显的事实，社会原来就是这些发作的同犯；但是大部分痛骂无理被人诽谤的女人所有的所谓笑话的人们从来就没有想到使她们定下公开的决心的原因。巴尔吉顿夫人就陷进了许多因为不正当的责骂而堕落的女人们所有的离奇的地位里。

刚开始有感情的时候，障碍可以恫吓没有经验的人；两位情人所遇到的障碍就很像是小人国里里布迪人捆绑巨人古里微的绳索一样。这些是一大堆无中生有的事情，结果使一切的动作都不可能，而灭除了最强烈的欲望。于是，巴尔吉顿夫人的行动就在人们的视线之下了。如果当鲁先来的时候她叫人关了门的话，人家就对她说了一切的话，甚至于说她要和鲁先一块儿私逃。她的确曾接待他到他所习惯去的化妆室里来，因为他自信是这化妆室的主人；但是她总是有心的把门打开，一切的事情都是依照世界上最高的道德而进行的。巴尔吉顿先生在他自己家里散步，就好像一个金龟子一样，不相信他的妻子要一个人和鲁先在一起。如果除了他之外就没有其他的障碍的话，纳斯就可以很容易的把他送走，或是使他有事做；但是她却有一大堆人来拜访，因为好奇心的增多，拜访的客人也一样增多。外省的人天生是恶作剧的，他们喜欢给发展爱情的人开玩笑。仆人们在家中走来走去，没有人叫唤他们，也没有人报告他们的来临，因为这是老习惯了，而且一位没有什么可以遮瞒的事情的女人也让他们这样。改变家中的规矩，这不就是承认全安古莲的人还在怀疑的恋爱吗？巴尔吉顿夫人不能够离开家门一步，而不至于让全城的人知道她的足迹的所在。一个人和鲁先到城外去散步是一种决定的步骤：这还没有和他一块儿关在家里的危险。如果鲁先留在巴尔吉顿夫人家里一直到半夜之后而没有人陪着的话，第二天人家就要胡说八道了。所以，无论在家里或在外边，巴尔吉顿夫人的生活都是人家所知道的。这些事情可以描写整个的外省生活：错误的举动不是必须当众承认，就是不可能的。

和一切没有经验而堕入情网之中的女人一样，路易丝一个一个的看到了她的地位的困难；她害怕了。她的恐惧就反映在两位情人单独在那里花了最宝贵的时候来举行的热爱的讨论上。有的女人可以用巧妙的借口逃到乡下去匿居，但是巴尔吉顿夫人却没有土地可以让她把她的诗人带到那里去。觉到这种公开的生活的疲倦，被这种给人重压甚于给人快乐的苛虐的催迫，她就想到埃斯卡雨巴，想到那里去看她的父亲去，因为她很讨厌这些悲惨的障碍。

查特利并不相信她的举动的洁白无罪。他探察着鲁先到巴尔吉顿夫人家里来的时刻，而算到鲁先去的时刻之后一会儿他就带着商都尔先生一块儿到那里去；商都尔先生是他们之中最不谨慎的一个人，到达的时候，他总让商都尔先生先走一步进去，希望他会偶然间找到一桩怪事。他的作用和他的计划的成功是非常困难的，因此他就得站在中立的地位，因而能够指导他所要他们扮演的演员。所以，为着使他所阿谀的鲁先和他没有缺乏在她面前显示聪明的巴尔吉顿夫人睡在鼓里起见，他就和嫉忌的阿美利交结。为着能够更清楚的侦探路易丝和鲁先起见，几天以来他居然能够在他和商都尔先生之间建立了关于这两位爱人的问题的争论。查特利装着说巴尔吉顿夫人是和鲁先开玩笑，她是太骄傲的，生得太高贵的，她不会降格去跟一位药师的儿子讲爱情。这种假装着不相信的样子是要到达他所设想的计划的，因为他希望他变成巴尔吉顿夫人的防卫者。斯坦尼斯拉斯坚持说鲁先并不是一位不幸的情人。阿美利激动他们的辩论，说是希望要知道实在的情形。每人都有每人的理由。正如小城市中所常有的，常常有商都尔家的密友来参加这谈话，查特利和斯坦尼斯拉斯称赞他们的意见有高超的观察。两边的对辩者很难不去寻找他的同党，而问他的邻人说："您呢，您有什么意见？"这种争论使巴尔吉顿夫人和鲁先永远变成人家所注目的对象。

终于有一天，查特利叫人家注意每一次当商都尔先生和他一块儿到巴尔吉顿夫人家里去而鲁先也在那里的时候，他都不能找出任何可疑的形迹：化妆室的门是开的，仆人们走来走去，没有任何的神秘可以宣告爱情的罪状等等。相当傻头傻脑的斯坦尼斯拉斯就答应第二天要蹑手蹑足的来，这是没有信义的阿美利最鼓动他去做的。

第二天是鲁先所有的那些人拔起头发发誓不要再继续干傻事的青年人所有的一个日子。他已经习惯于他的地位了。这位曾经懦怯的在安古莲王后的神圣的化妆室里拿了一张椅子坐下的诗人现在却变成一个急躁的情人了。六个月的时间已经够得让他相信他是和路易丝平等的，于是他也就想要做她的主人了。他离开了自己的家。觉得自己太没有道理，觉得自己是把自己的生命来赌博，是白费了火焰一般的流利的语言的一切的源泉，觉得自己是丢了脑袋想不出一个意思写不出一行诗文，一部分女人所预觉的害怕使她们变成非常的精细；她们喜欢在冲动之下放手，不愿意在盟约之前屈服。一般的说，没有一个人喜欢强制的快乐。巴尔吉顿夫人在鲁先的额头上，在他的眼睛里，在他的姿势中，在他的举动内看出了这种显露出他的决心的急躁的神色：她打算要使他这种决心失败，一部分是因为她的矛盾的精神，同时也因为她的高贵的爱情的和解。她是一位夸大的女人，所以她对于她自己的身份也有夸大的看法。在他的眼里，巴尔吉顿夫人是一位女王，一位柏阿特里克斯，一位罗尔。她是和中世纪时代一样的坐在文艺的擂台下面的，鲁先应当用许多的胜利来报答她；他应该胜过‘超等的儿童’拉马丁，斯各脱，和拜仑。这位高贵的女人把她的爱情看做一般的原则：她给鲁先所引起的欲望应当是鲁先的光荣的一个原动力。这种女性的游侠主义是给爱情一个可敬的实用的情绪，她利用他，她培养他，她尊敬他。固执要于七八年之内在鲁先的生活之中当一个杜尔克杜尼，巴尔吉顿夫人，正如许多外省的女人一样，要男子用奴役来得到她，这奴役可以让她判断她的朋友。

当鲁先用没有失去自由的女人所窃笑而只能够使被爱的女人发愁的赌气来争斗的时候，路易丝就用一种庄严的神气开始给他说了一段满充着华丽词藻的长篇的谈论。

斯坦尼斯拉斯看见鲁先把头贴在路易丝的膝盖上。

“这不就是您所答应我的吗，鲁先?”她结束着说，“不要在这样甜蜜的现在上面放下将来可以毒害我的生活的悔疚。不要毁坏您的将来！而且我要骄傲的说，请您不要毁坏您的现在！您不是有了我整个的心吗？您还要什么呢？您难道要让您的爱情受到肉感的影响，而一位被爱的女人的最好的特权不就是要强制使肉感平静吗？您要把我当做什么人呢？我难道已经不是你的柏阿特里克斯吗？如果在您方面我只是一个女人的话，我就连做一位女人也不配得了。”

“您不会给您所不要爱的男人说其他的话。”鲁先愤慨的叫着说。

“如果您没有觉到我的意思所有的真正的爱情的话，您就永远不配我的爱护。”

“您怀疑我的爱情，免得回答我的爱情。”鲁先一边说，一边跪在地下，放声大哭。

这位可怜的孩子非常悲痛的号哭，因为他觉得站在这天堂的门口太久了。这是相信自己的力量的微末的诗人的眼泪，这是看见人家拒绝给他玩具而失望的儿童的眼泪。

“您从来没有爱过我!”他叫着说。

“您并不相信您自己所说的话，”她回答说，这句强烈的话反而使她快乐。

“那末，您就给我证明您是属于我的罢。”头发散乱的鲁先说。

正在这个时刻，斯坦尼斯拉斯一声不响的来了，他看见鲁先半生半死的，满眼的泪珠，头部贴在路易丝的膝盖上。满意这一幅可以相当让人怀疑的图像之后，斯坦尼斯拉斯就突然的退了出去，跑到站在客厅门口的查特利身边来。巴尔吉顿夫人急急的跑了出来，但是她却找不到这两位侦探，因为他们是和讨厌的人一样的急速的退去了。

“谁来啦?”她问她的仆人。

“商都尔先生和查特利先生。”她的老仆人姜迪同答说。

她发白而战栗的回到她的化妆室来。

“如果他们看见您这个样子，我就完啦。”她对鲁先说。

“更好!”诗人叫了起来。

她对这个满充着爱情的自私的呼唤微微的一笑。在外省这一类的冒险行为是因为人家传布的方式而更加严重化，在这个时候，每一个人都知道鲁先曾在纳斯的膝盖上被人惊愕的发现。商都尔先生很高兴这桩事能够给他变成一个重要的人物，他就先把这桩大事告诉给诗会的会员听，再一家一家的传说。查特利忙于声明他什么也没有看见；但是这样的站在事外之后，他又鼓励斯坦尼斯拉斯去传说，他赞美它说到细节的地方；自以为很神气的斯坦尼斯拉斯就在每一次叙述的时候加上一些油酱。晚上，全社会的人就像水一样的流注到阿美利家里来，因为在晚上最放大的说法就在安古连的贵族圈里传诵着，每一个述说的人都仿效斯坦尼斯拉斯。女人们，男人们，大家都急着要知道这事实。掩着脸，最大声的证笑这怪事而藏有鬼胎的正是阿美利，淑翡玲，菲菲茵，萝萝蒂这些多少都有一些不正当的快乐的女人。最残酷的批评就在各种不同的腔调中表现出各种不同的花样。

“好，”其中一位说，“这位可怜的纳斯，您知道吗，我不相信这桩事，她的生活向来没有让人加以是非的地方；她太骄傲了，她除了当查尔登先生的保护人外不能做别的事。但是，如果这是真的话，我就要用我的全心来怨骂她。”

“她做了这样的大笑话，她应当让人这样怨骂；因为她都可以当鲁鲁先生的母亲，正如约克这样的称呼他。这位小歪诗人最多也不过二十二岁，然而纳斯，我们自己人说一句，她即已经四十岁了。”

“我，”查特利说，“我认为就是吕崩柏礼先生有这种情形，这也正好可以证明纳斯的贞洁。人家不能够跪在地下，再来要求人家所已经得到的。”

“这得看情形！”佛兰锡用活泼的神气说，这种神气就博得淑翡玲的一个秋波。

“可是请您告诉我们到底是怎么回事！”大家问斯坦尼斯垃斯，而在客厅的一个角落里组成了一个秘密的委员会。

斯坦尼斯拉斯最后就编了一篇满充放肆语言的小故事，还用使事情变成大罪恶的姿势来陪衬着。

“这那能够！”人家重复的说。

“中午?”其中一个女人说。

“纳斯一定是我所猜疑的最后一位的女人。”

“她要怎么办呢?”

然后就有无穷的解释，无穷的假设……查特利爵士给巴尔吉顿夫人辩护；但是他的辩护太不巧妙了，结果他不但不能够熄灭流言的火焰，反而燃炽了他。莉莉很抱歉安古莲的天使的堕落，抱头痛哭的把这新闻传播到教区里去。当全城确实都在谣传的时候，查特利就跑到巴尔吉顿夫人家里去；可惜他只在那里找到一张玩魏斯特纸牌的桌子；他很外交的跑去问纳斯，要和她在她的化妆室里谈谈。两个人于是就坐在安乐椅上。

“您一定知道，”查特利轻声的说，“全安古莲人所关心的事，是不是？……”

“不，我不知道。”她说。

“好，”他接着说，“如果我不让您知道，我就不够朋友了。我甚至于应当替您想法子来制止这一定是阿美利所捏造的谣言，阿美利还自以为是您的对手哩。今天早晨我和这位猴子斯坦尼斯拉斯一块儿来看您，他在我前头几步，当他走到那里的时候，他指着化妆室的门，说是看见您和吕崩柏礼先生在一种使他无法进去的情景之下；他惊惶失措的回来，拉着我走，甚至于不让我有知道其为什么事的时间；一直等到我们走到博刘的时候，他才告诉我他所以退走的原因。如果我知道的话我一定不会离开您的家，一定要为您的名誉而来查明这桩事；但是已经离开再回去也证明不了什么。现在，也许是斯坦尼斯拉斯看错了，也许他有什么道理。总之，他一定是错了的。亲爱的纳斯，别用一桩笑话来把您的生命，您的名誉，您的前途来赌博；您应当暂时强制他沉默不动。您知道我在这里的地位吗？虽然我在这里需要一切的人，但是我却是整个的忠心于您的。您应当安排一个属于您的生活。虽然您曾拒绝过我的愿望，我的心却永远是属于您的，我也要在一切的机会之中给您证明我是如何爱您的。是的，我要和一位忠实的奴才那样的看顾您，并不希望有什么报酬，完全是为着服务您所得到的快乐，甚至于是在您不知不觉之中来服务。您的今天早上，我到处说我是在客厅的门口，然而我什么也没有看见。如果人家问您谁告诉您这些毁坏您的话，您就说是我。如果我能够做您的公开的辩护人的话，我一定很幸福；但是，在我们之中，只有巴尔吉顿先生能够问斯坦尼斯拉斯这道理……当这位小吕崩柏礼发了疯的时候，一位女人的名誉不能够因为他跪在她的脚前的第一个轻佻的举动就受到污点。我所说的就是这些话。”

纳斯用点头来感谢查特利，她默默的沉思着，她对于外省的生活已经疲倦了，甚至于腻味了。当查特利说第一句话的时候，她就把眼睛投到巴黎方面去。巴尔吉顿夫人的沉默使她那有学问的崇拜者堕进了一个非常别扭的情景里。

“请您处置我罢，”他说，“我再告诉您一声。”

“谢谢！”她说。

“您想怎么办呢？”

“以后再看罢。”

长时间的沉默。

“那末，您真的这么样爱这位小吕崩柏礼吗?”

她发出一个超越的微笑，叉着手，看着化妆室的窗帘。查特利走出去，没有能够扯破这个傲慢的女人的心。当鲁先和四位来料理事情而不受这些纷争的感动的老苍头走了的时候，巴尔吉顿夫人就叫住了将要就寝而开口想给他的妻子说声夜安的丈夫。

“到这儿来，亲爱的，我有话跟您说。”她用一种严肃的态度说。

巴尔吉顿先生跟着他的妻子到化妆室里去。

“先生，”她对他说，“我也许是错了；我太热烈的用保护人的资格来看顾吕崩柏礼先生，甚至于这城里的傻瓜们和他自己都误解了我。今天早上，鲁先跪在我的面前，给我宣告他对我的爱情。斯坦尼斯拉斯刚刚好在我扶起这位孩子的时候进来。他忽视了一个绅士在任何环境之中都有对女人尊重的责任，而冒称说在我和这位孩子的暧昧的情况中惊动了我，其实我是以正当的态度来对待这位孩子的。如果这位胡涂的青年知道人家对他的疯狂是如何的诽谤的话，他一定要跑去侮辱斯坦尼斯拉斯，逼着他来决斗。这种举动结果一定是他对我的爱情的公开的承认。我用不着告诉您，您的妻子是贞洁的；但是您一定要觉得由吕崩柏礼先生来卫护您的妻子对您对我都有些不体面。您现在就到斯坦尼斯拉斯家里去罢，请您问问他到底他什么理由这样的对我说了这些侮辱的话；您不必为难，事情会弄好的，除非他在许多重要的证人面前不把他所说的话吞食下去。这样一来，您可以得到许多忠厚的人的看重；您应当用英雄的态度，用豪杰的姿势来行动，您也可以得到我的看重。我要叫姜迪骑马到埃斯卡尔巴去，我的父亲应当可以做您的证人；虽然他的年纪大了，我知道他要踏碎任何破坏纳格礼柏里斯家的名誉的人。您可以抽选您的武器，您得用手枪来决斗，您应当好好的射击。”

“我就去，”巴尔吉顿先生接着说，拿着他的手杖和他的帽子。

“好，我的朋友，”他的妻子感动的说，“我就是喜欢这种男子汉。您真是一位绅士。”

她献出额头让他接吻，这老头儿也就非常快乐非常骄傲的吻着她。这位对于这大孩子有一种母爱的情绪的女人看见把他关在里头的车门的响声，不禁落下一点泪珠。

“他真爱我！”她对自己说，“这可怜的人要活着，然而他却可以为我死而无憾。”

巴尔吉顿先生并不忧愁第二天要和一个人对阵，要冷酷的看着向他射击的手枪的枪口；不，他所觉得为难的只有一桩事，他也就一路上发抖的到商都尔先生家里来。

“我要怎么说呢?”他想着，“纳斯应当给我好好的编出一篇话!”

于是，他就绞尽脑汁来想出一些不会令人笑话的语句。

但是，像巴尔吉顿先生一样生活在沉静之中而没有多大精神的人们在生命的大事故里往往能够做出非常庄严漂亮的事情。因为说话说得少，自然而然的也不会说出很多的傻话；而且，常常的想着应当说什么话，他们对于自己的极端的不信任反而可以使他们去好好的研究如何的开口，结果就说得非常的漂亮，就好像《圣经》里头所说的天使巴兰姆的牝驴开口对巴兰姆漫骂的现象一样。所以巴尔吉顿先生的行动就好像是一位超人。他正是一般人把他看做毕泰哥尔学派哲学家的神气。晚上十一点钟他进了斯坦尼斯拉斯先生的家，在那里找到许多的人。他静静的给阿美利致敬，对每一个人发出天真的微笑，这种微笑在现实的环境之下似乎是非常讥刺的。然后他就严厉的沉默，好像暴风雨前的自然界一样。重新回来的查特利非常有意义的轮流的看着巴尔吉顿先生和这位被侮辱的丈夫一同谦恭有礼的走近的斯坦尼斯拉斯。

查特利懂得这位老头儿在他平常总是睡觉的时候来这里访问的意义：这明明白白是纳斯激动了这虚弱的手臂；因为他和阿美利的关系可以允许他来调处这事情，他就站了起来，拉着巴尔吉顿先生到一边去对他说：

“您要跟斯坦尼斯拉斯说话吗？”

“是的，”这位老头儿说，他很高兴能够得到一位可以替他说话的中间人。

“好罢，请您到阿美利的卧室里来，”税务局局长的回答；他很高兴有这个决斗，因为这决斗可以使巴尔吉顿夫人变成寡妇，同时又可以禁止她嫁给鲁先。嫁给这决斗的祸首。

“斯坦尼斯拉斯，”查特利对商都尔先生说，“巴尔吉顿无疑的是来问您关于您对纳斯所说的话的理由。请您到您太太的房子里来罢，请您们两位都得用绅士的风度来行动。不要大叫唤，应当多有礼貌，应当有不列颠人的庄严的冷淡。”

一会儿，斯坦尼斯拉斯就和查特利一块儿找巴尔吉顿来。

“先生，”受侮辱的丈夫说，“您说是看见巴尔吉顿夫人和吕崩柏礼先生有暧昧的行为吗？”

“和查尔登先生，”斯坦尼斯拉斯不相信巴尔吉顿是一位有力气的人；他就这样讽刺的接着说。

“好罢，”这位丈夫接着说，“如果您不当众对这时刻在您家中的社会否认这些话，我就请您来找一个证人。我的岳父纳格礼柏里斯先生今天四点钟要来找我们。我们大家都预备着罢，因为这桩事只能够用我所说的办法来解决。我已经选择好手枪，我是被侮辱的人。”

在路上的时候，巴尔吉顿先生曾经再三思考过这段平生所说的最长的话语。他说的时候没有表现出任何的气愤，他是用世界上最平常的神气说出来的。斯坦尼斯拉斯发白了，他对自己说：

“我到底看见了什么呢?”

但是在全城之前，在这个似乎不大愿意听闻笑声的沉静之下来否认自己所说的话，这是一种耻辱，而在这耻辱和用热手挟着颈项的丑陋的恐怖之中，他就选择了离得最远的危险。

“好，明天见，”他对巴尔吉顿先生说，心里想事情总有方法调处。

三个人又回到客厅里来了，大家都在研究他们的姿态：查特利微笑着，巴尔吉顿就和平日在家里一样；但是斯坦尼斯拉斯却显得脸部发灰。看了这种情景，有的女人就猜想到这会议的题目。“他们要决斗!”这句话就从一个耳朵传到另外一个耳朵去。会场中一半的人都想斯坦尼斯拉斯是错的，因为他的发白，他的举止显露出他的撒谎；另外一半就钦佩巴尔吉顿的态度。查特利装得严重和神秘的样子。留在那里观察各色人面一会儿之后，巴尔吉顿先生就退回去了。

“您有手枪吗?”查特利朝着斯坦尼斯拉斯的耳朵上说，斯坦尼斯拉斯全身从头至脚的发抖。

阿美利明白了一切而觉得不舒服，女人们就忙着把她带到她的卧室里去。大家大喧哗起来，大家同时都在说话。男人们都留在客厅里，大家都一致的认为巴尔吉顿先生是对的。

“您们相信这老头儿会这么干吗?”山都先生说。

“但是，”无情的约克说，“他年青的时候是一个最会打枪的人，我的父亲常常对我提起巴尔吉顿的冒险。”

“噢！您应当给他们放下二十步的距离，他们就不至于谁也打不着谁，如果您是用骑兵的手枪的话。”佛兰锡对查特利说。

当大家都走了的时候，查特利就给斯坦尼斯拉斯和他的妻子保证说一切的结果都是好的，在一位六十岁的人和一位三十岁的人的决斗中，后者占有大优势。

第二天早晨，当鲁先和请不到父亲而回来的大卫一块儿吃早饭的时候，查尔登夫人惊惶失措的走了进来。

“哎，鲁先，你听见人家甚至于在市场上传布的消息吗？今天早上五点钟，在屠乐王先生的草场上（这是有双关意义的一个名字），巴尔吉顿先生差一点儿杀死了商都尔先生。好像商都尔先生说是昨天他看见你和巴尔吉顿夫人有什么暧昧的行为。”

“这是错的！巴尔吉顿夫人是洁白无罪的。”鲁先叫起来说。

“一位乡下人很详细的告诉我这桩事，他在车上看得清清楚楚。纳格礼柏里斯先生早上三点钟之后就来帮忙巴尔吉顿先生；他对商都尔先生说如果坏了他的女婿的话，他是要复仇的。一位骑兵队的军官把他的手枪借给他，纳格礼柏里斯先生试了好几次这些手枪。查特利先生要反对他试，但是人家请来当公证人的军官却说除非是儿戏，人家总得用没有坏的兵器。证人们把他们放在彼此距离二十五步的地方。巴尔吉顿先生在那里就好像是散步一样的闲逸，他先开枪，把一颗弹丸装在商都尔先生的颈项上，商都尔先生倒下了，连回击的力量都没有。医院的外科医生刚才说商都尔先生下半世的颈项总要拐斜。我来告诉你这个决斗，希望你不要到巴尔吉顿夫人家里去，或是不要在安古莲露面，因为商都尔先生的朋友们说不定会跟你挑战的。”

正在这个时候，印刷所的学徒带了巴尔吉顿先生的仆人姜迪进来，这仆人就给鲁先交了一封路易丝所写的信。

“我的朋友，你一定听到了商都尔先生和我丈夫的决斗。今天我们不接待任何的客人。请您当心一点，你千万不要露面，我是以您对我的感情的名义来请求你这样的。你不觉得来听听你那因为这桩事而整个改变了生活有成千的话要跟你说的柏阿特里克斯说话是消遣这悲惨的日子的最好的办法吗?”

“侥幸得很；我的婚期定在后天;”大卫说，“你也可以趁着不必那么常到巴尔吉顿夫人家里去。”

“亲爱的大卫，”鲁先回答说，“她请我今天去看她；我相信应当服从她，她比我们知道得更清楚在这环境之下我应当如何的举动。”

“这里的一切都预备好了罢?”查尔登夫人问。

“您来瞧罢，”大卫叫了起来，他很高兴第二层楼的寓所的改变，在那里一切都是新鲜的。

统治年青夫妇小家庭之中的甜蜜的精神在那里呼吸着，在这家庭之中，橙树的花朵，新娘的面帕还笼罩着内心的生活，爱情的春天反映在一切的事物之上，一切都是洁白的，干净的，繁盛的。

“爱薇简直要变成公主了，”母亲说，“但是您却太破费了，您是不顾一切的做了这些的!”

大卫微笑着，没有任何的回答，因为查尔登夫人是用指头放在刺痛这位可怜的情人的一个秘密的伤痕上；他的实际的花费远超过预算之上，甚至于没有法子来建筑侧室上面的寓所。他的岳母恐怕在很久的时候之中得不到他所要给她盖的寓所了。讲意思的人在不能实现他的许诺之中是有非常强烈的苦痛的，这些许诺是柔情的小小的虚荣。大卫瞒着他的困难，因而能够安鲁先的心，因为如果鲁先知道的话，他一定会因为人家为他所有的牺牲而感到压迫。

“爱薇和她的朋友们做得不坏，”查尔登夫人说，“行装，新家庭所用的布制物一切都是便了的。这些小姐们太喜欢她了，她们不让她知道，偷偷的用加缝浅红色边缘的白棉布盖在卧褥上面。真好看！这让人羡慕结婚。”

母亲和女儿两个人用她们所有的金钱来给大卫家里预备一些年青人所没有想到的东西。知道他是如何的奢侈，因为他给李莫慈去订做制器的食具，她们就想方法把她们所带来的东西和大卫所购买的东西安置在调和的地方。这爱情和仁慈的小小的挣扎应当能够使这两位夫妇觉得在这落伍的城市（如当时的安古莲）认为是奢侈的一切中产阶级的充裕的生活的征候之中，自从结婚的开头起就觉得有点拮据。当鲁先看见他的母亲和大卫跑到有他所认识的蓝色和白色的帘幕和家具的卧室里去的时候，他就巧妙的躲避到巴尔吉顿夫人的家里去。他看见纳斯和他的丈夫一块儿吃饭，巴尔吉顿先生因为早晨的旅行的结果，食欲特别的强旺，毫无顾忌的吃了人家所给他的一切的东西。纳格礼柏里斯先生，这位老年的乡绅，这位有威严的人物，这位法兰西贵族的遗老就坐在他的女儿的旁边。当姜迪通知吕崩柏礼先生来临的时候，这位满头雪白的老年人就给他投去一道穷究的眼光，一个忙于判断他的女儿所特别注目的人的父道的眼光。鲁先那异常的美貌这样强烈的引起他的注意，他甚至于不能够忍住他的称赞的眼色；不过他似乎在他的女儿的连系之中看出是一个轻薄的情人，一个私情而不是永久的感情。饭吃过了，路易丝居然站了起来，把她的父亲和巴尔吉顿先生留下，给鲁先做了一个暗号叫他跟着她来。

“朋友，”她用一种悲喜交集的音调说，“我要到巴黎去，我的父亲要带巴尔吉顿到埃斯卡尔巴去，他要留在那里一直到我回来为止。埃斯巴尔夫人是布拉孟—楚夫利家的一位小姐，我们也就是因为她才和布拉孟—楚失利家结成亲戚，因为埃斯巴尔是纳格礼柏里斯族的长房。她现在因为她自己和她的亲戚而成为一位非常有势力的女人。如果她高兴承认我们的话，我很愿意和她交际：她能够用她的信用给我们替巴尔吉顿找到一个地位。我的运动能够使内宫决定派他当查兰特的议员，这可以帮助他在这里的声望。

当议员后来可以促进他到巴黎去。给我有这种生活上的政变的就是你，亲爱的孩子。今天早上的决斗使我不得不在相当的时间之内关上我的家门，因为说不定有一部分的人要帮着商都尔先生来跟我们作对的。在我们现在的情景之下，在这样小的城市之中，离开总是把仇恨放在一边而自镇定的一个必要的步骤。但是，或则我成了功而不再看安古莲，或则我并不成功而要在巴黎等着能够在埃斯卡尔巴过夏在巴黎过冬的时刻的来临。这是一位女人所应当过的唯一的生活，我已经太晚来采取这生活的方式了。今天一天就够得来作我们的一切的准备，我明天夜里就动身，您也要陪着我去，不是吗？您得先走。在孟斯勒和吕非克之间，我可以把您带到我的车上来，我们不久也就是在巴黎了。那里的生活，亲爱的，是上等人的生活。人只能够和同等的人生一起才觉得安逸，不然的话，到处都是苦痛。并且，巴黎是知识界的京城，是您的成功的舞台；请您立刻走过把您隔开的距离。不要让您的思想在外省腐败了，您应当立刻和将要代表十九世纪的人物相交通，您顺当接近朝廷和权贵。出众和庄严都不会跑到老死在小城市中的才子身上来。请您给我说一说在外省著成的好书罢！反之，您看见高超而可怜的卢梭被这道德的太阳的不可克服的吸引，这太阳是用竞争来温暖精神而使其得到光荣的。您难道不应当赶紧在每一时代所产生的名人群中去争取一个地位吗？您不知道一位年青的才子受高等社会的光照是如何的有用。我要请埃斯巴尔夫人接待您；没有人能够容易到她的客厅里去，您可以在那里找到伟大的人物，部长，大使，议院的演说家，最有权力的世卿，富裕和著名的人物。当人家是美丽，年青，而富有天才的时候，人家应当装得相当的笨拙，因而不至于和他们的利害相冲突。大能干的人不会小器量的，他们会帮您的忙。当人家知道您是在高等社会之中的时候，您的著作就可以得到一个极大的价值。艺术家所要

鲁先拉住爱薇和大卫，吻着他们，把他们拉近自己。

解决的最大的问题就是要有眼光。所以在那里您可以碰到成千的幸运的机会，领干薪的机会，在国库之中取到一笔津贴费的机会。布尔崩王室喜欢提倡文学和艺术！所以，您应当同时做一位宗教诗人，同时当一位保王党诗人。这对您不但是好的，而且可以使您得到财富。使作家有地位，有褒奖，有财富的难道是反对派，是自由主义吗？所以请您走这一条好路，这一条一切的天才都走的路。您知道我的秘密，请您一句话也不必说，准备跟我来。——您不愿意这个吗？”她很惊异他的情人的沉默的态度，就这样的说。

鲁先对巴黎投去一瞥眼而昏迷了，当他听到这些诱人的话语时，他相信到现在为止他才用了脑筋的一半；他似乎觉得另外的一半已经渐渐的发现了出来，因为他的思想已经渐渐的丰富了起来；他觉到他在安古莲就好像井中的青蛙一样。巴黎和巴黎的繁华，在外省人的幻想中是一个埃尔铎拉多的巴黎，在他看来似乎是一位身穿黄金的长袍，头戴帝王的宝石，给天才伸出双臂的人。伟人们都去给他行了兄弟们所行的抱礼。在那里，一切都对天才微笑。那里没有为着奚落著作家而说出刺激的话的妒忌的寒酸的绅士，没有对诗章所表出的漠不相关的模样。在那里，诗人的著作可以和泉水一样的喷出，在那里他们出著作可以卖钱而发表。看了《查礼九世的弓手》的最初几页的时候，书局老板就会打开他们的钱柜，对他说：“您要多少钱呢？”并且他懂得在这次旅行而因环境的关系可以和巴尔吉顿夫人结婚之后，巴尔吉顿夫人就可以整个的属于他，他们也就可以一块儿的生活。听见她说“您不愿意这个吗？”他就用眼泪来回答她，抱着她的腰，把她靠紧他的胸口，用强烈的接吻来点缀她的颈项。然后，他忽然停止了，好像记起一桩什么事似的，就叫了起来：

“糟糕，我的姊姊后天结婚哩！”

这叫声是这位高贵而纯洁的孩子的最后的叹息。使年青人归附他们的家庭，归附他们的最初的朋友，归附一切的最初的情绪的这样有力最的联系就要受到一个可怕的斧击了。

“怎么啦，”纳格礼柏里斯公主叫了起来，“您姊姊的结婚和我们的爱情的步骤有什么相干呢？您要这么样坚决要当这位中产阶级和这位女工的结婚典礼的音乐队，甚至于要因他而牺牲我的高贵的快乐吗？真是太美丽的牺牲了！”她轻蔑的说。“我今天早上把我丈夫送去决斗就是为的您！去罢，先生离开我去罢！我做错了。”

她晕倒在她的安椅乐上。鲁先跟着她到那里去，一边请求她的宽恕，一边责骂他的家庭，大卫和他的姊姊。

“我太相信您了！”她说。“甘德—古瓦先生有一个他崇拜得和偶像一样的母亲，但是为着能够得到上面写着‘我很满意！”的信起见，他就死在炮火之中。您呢，只是为着和我一块儿旅行的问题，您一点儿也不知道放弃一顿结婚的喜酒！”

鲁先真想自杀，他的失望是这样真切的，深刻的，使路易丝不能不宽恕他，不过她却让鲁先知道他得用代价来赎罪。

“您就去罢，”她最后说，“小心一点，明天晚上十二点钟请您到孟斯勒过去一百步的地方去等我。”

鲁先觉得在他脚下地球是渺小的，他就带着奥勒斯特激奋时所有的同样的希望而回到大卫家里来，因为他预先看到成千的困难，可以在‘钱呢？’这个可怕的字眼中表现出来。大卫的聪明伶俐使他大大的惊惶，他就把自己关在书房里来想方法从他的新的地位所加在他身上的惊愕中恢复过来。他得离开这个这样美妙建好的寓所，他得使这一切的牺牲变成无用的。鲁先想他的母亲能够住在那里，大卫也可以省这一笔用来在院子后面盖房子的耗费。这次的离别应当可以调处他的家庭，他找到成千的理由来赞同他的私奔，因为他的欲求并没有伪君子的色彩。所以他马上就跑到湖姆去到他姊姊的地方去，告诉她他的新的命运，同时又想跟她商议。当他走到步斯特尔店前的时候，他想到如果没有别的法子的话，他可以从他父亲的承办人手中借到足以生活一年的必要的费用。

“如果我和路易丝一块儿生活的话，每天一厄古的钱在我就是很富裕的，这每年不过是一千佛郎而已，”它自己对自己说，“那末，六个月之内我就可以变成富翁了！”

爱薇和她的母亲答应严守秘密，听着鲁先的机密。她们两个人都哭着听野心家的话；当他要知道这悲哀的原因的时候，她们就告诉他所有的一切都花在桌布和房子里其他的帘幕上面，都花在爱薇的嫁妆上面，都花在大卫所没有想到的用度上面，她们并且非常高兴做了这些东西，因为这位印刷者答应给爱薇一万佛郎的婚礼。鲁先于是就告诉她们他的借款计划，查尔登夫人也就跑去向步斯特尔先生和他商量借一千佛郎的款，约期一年还清。

“然而，鲁先，”爱薇痛心的说，“那末，你就不参加我的结婚典礼吗？噢，你再回来罢，我等你几天好了！陪了她去之后，她一定会让你两星期之后回来的！她一定会让你来看我们一星期，因为我们曾经为她养育过你！如果你不在这里的话，我们的结褵会弄出坏的结果来的……但是一千佛郎你够用吗？”她忽然打断自己的话插着说，“虽然你的衣服非常合乎你的身，但是你只有一件，你只有两件细布的衬衫，其他的六件都是粗布的。你只有三条细麻布的领结，其他的三条都是平常的棉布做的，而且你的手绢也不好看。你在巴黎能够找到一位姊姊给你当天洗衣服吗？你还有许多其他的需要。你只有今年所做的一条南京紫花布的裤子，去年做的已经太窄了，所以你得在巴黎做衣服，巴黎的价钱不像安古莲的便宜。你只有两件合身的白背心，我已经给你定好了其